ATTENTION, LES ENFANTS REGARDENT

Né à Seattle (E.-U.), Laird Kœnig a écrit pour le théâtre, le cinéma et la télévision. En collaboration avec P.L. Dixon, il publie son premier « thriller » Attention, les enfants regardent *qui obtient, en 1972, le Grand Prix de Littérature policière. Alain Delon est l'interprète principal du film qui en a été tiré. De son deuxième roman,* La Petite Fille au bout du chemin, *a été également tiré un film avec la jeune actrice américaine Jodie Foster. Son troisième roman,* La Porte en face, *a été salué par la presse unanime comme un chef-d'œuvre. Laird Kœnig partage son temps ent*[illegible] *Californie, Londres et Paris.*
Peter L. Dixon, auteur [illegible] *scénarios pour la télévisi*[illegible] *sportif, il est également* [illegible] *en plongée sous-marine,* [illegible] *jeunes enfants, il leur per*[illegible] *mais il sélectionne soign*[illegible] *programmes...*

La plage californienne de Malibu, à la fin du mois d'août. Une atmosphère de vacances. Pourtant les enfants de Marty et de Paula restent, volets clos et portes fermées, devant la télévision à longueur de journée. Leurs parents sont à Rome. La bonne mexicaine Avocados a été retrouvée, noyée dans le Pacifique. Les enfants savent ce qui s'est passé, mais pour une raison connue d'eux seuls, ils demeurent muets et cloîtrés.
Ce roman à suspense nous fait pénétrer dans le monde mystérieux où vivent les enfants.

ŒUVRES DE LAIRD KOENIG

Dans Le Livre de Poche :

LA PETITE FILLE AU BOUT DU CHEMIN.
LA PORTE EN FACE.

A la librairie des Champs Elysées :

LES ÎLES DU REFUGE.

LAIRD KOENIG
et PETER L. DIXON

Attention, les enfants regardent

TRADUIT DE L'AMÉRICAIN
PAR CLAUDE MOURTHÉ

HACHETTE

Ce livre a été publié en 1970, sous le titre original :
THE CHILDREN ARE WATCHING
par Ballantine Books, Inc. à New York, États-Unis.

I

Un coup de feu éclata. L'homme se raidit, et tenta de retrouver son souffle.

La fillette appuya contre ses côtes frêles, à l'endroit exact où l'homme, en face d'elle, avait porté sa main striée de sang, le coquillage qu'elle tenait. Elle ferma les yeux et essaya d'imaginer l'effet produit par une balle quand elle fracasse un os.

Le blessé se jeta à l'intérieur d'un entrepôt, ou plutôt d'un garage. Sur le sol de ciment luisant de flaques d'huile, il progressa avec difficulté.

Retenant son souffle, la fillette entendit alors ce qu'elle redoutait le plus...

... un bruit de pas qui approchait. La silhouette de trois hommes, revolver au poing, se découpa un instant dans la porte du garage. Le fugitif glissa sur une flaque d'huile, tomba, se remit sur pied

avec peine, et tenta désespérément de percer l'ombre épaisse.

« Planque-toi!

— Ils vont encore lui tirer dessus, dit Cary.

— La ferme!

— Les voilà! s'exclama Patrick. Ils vont l'avoir! »

Un des tueurs leva son pistolet; un éclair jaillit du canon. D'autres coups de feu crépitèrent. Une grêle de balles éclaboussa le sol. L'homme tomba une nouvelle fois.

« Vous avez vu? haleta Cary. Ils l'ont *vraiment* descendu.

— Il est pas mort! »

La fillette avait presque crié.

« Moi, j'arriverais à me sauver, même si je saignais comme ça, dit Patrick.

— Tout ce que tu y gagnerais, c'est qu'ils recommenceraient à tirer sur toi, répondit Cary. Non, ce qu'il faudrait, c'est qu'il fasse comme s'il était mort. »

Cathy s'obligea à respirer légèrement et sans bouger : comme ça, personne ne saurait qu'elle était encore en vie. Elle resterait allongée là, pensa-t-elle, et elle attendrait que les trois hommes soient tout près. Alors, elle ramasserait cette barre de fer, et elle leur en flanquerait un grand coup à travers les jambes, et, après les avoir envoyés par terre, elle leur écrabouillerait la tête.

Elle leur écrabouillerait la tête, et elle regarderait la cervelle dégouliner de leur crâne, et...

« Lève-toi! »

Cary se tortilla, remonta ses lunettes sur son nez, et expédia un de ses doigts dodus sous sa chemisette pour se gratter.

« Lève-toi! Ce qu'il est bête!

— Il faut qu'il leur fasse croire qu'il est mort, imbécile! » dit Patrick.

La bonne, bien en chair dans sa blouse blanche, s'interposa entre les cinq enfants et l'écran de la télévision en couleurs.

« Avocados, sors ton gros train de là! cria Patrick.

— Regardez! » lança Marti toute contente. La petite, qui avait quatre ans, glissa du canapé et se faufila entre la bonne et l'écran.

« Ils vont le tuer pour de vrai maintenant! »

Cary tira la petite en arrière, et se tordit le cou pour contourner la blouse blanche et ne pas perdre l'image de vue. Avocados, sans se presser, s'occupait à déplier les porte-plateaux de télévision, et fixait les plateaux d'un coup sec.

Une ruade perfide de Patrick manqua la femme de peu.

« Avocados, tu nous bouches la vue!

— Tu n'oserais pas lui parler comme ça si elle comprenait l'anglais, dit Cary sans quitter l'écran des yeux.

— Ou si papa et Paula étaient là, ajouta Cathy en suçant le coquillage.

— Cathy a raison, approuva Cary, méchamment.

— La ferme, Grosse Larve!

— La ferme tous les deux, dit Cathy.

— J'ai le droit de parler, dit Patrick. C'est la publicité. »

Gémissement de Marti :

« Plus personne ne parle! Plus personne! »

Avocados interrompit son travail, se tourna vers l'enfant, et eut un geste pour passer sa main basanée dans les cheveux blonds. La petite se déroba.

Cathy jeta un coup d'œil à Sean, qui n'avait encore rien dit. Le petit garçon portait un appareil acoustique. Il tira sur ses jambes nues une peau de zèbre aux rayures marron et blanches. A la différence de ses autres frères, Sean était souvent une énigme pour Cathy. Et elle ne savait que bien rarement ce qu'il avait dans la tête.

« Ça reprend, cria Patrick.

— Tout le monde la boucle! » ordonna Cathy. Et elle tira sur la ceinture de son tricot jusqu'à ce que les lettres noires du mot *Director* apparaissent, sur une seule ligne, en travers de sa maigre poitrine[1].

1. Le mot *Director* a un double sens, celui de directeur, et celui de metteur en scène, la profession du père de Cathy, dont elle porte vraisemblablement un des tricots.

Sean se pencha en avant avec ses frères et sœurs; tout en tripotant une dent branlante, il entendit lui aussi le mugissement lointain d'une sirène de police.

Un des gangsters appuya le canon de son revolver contre le crâne du blessé.

Le petit garçon put sentir le métal contre sa propre tempe, le sol froid, les flaques d'huile contre la paume de ses mains. Ses doigts cherchèrent le bouton de son appareil acoustique.

Sean se dit que les hommes avec les revolvers seraient obligés de s'enfuir dès qu'ils entendraient la sirène. Le seul ennui, c'est qu'ils pourraient *encore* tirer sur l'homme qui était par terre. Aux informations télévisées, il avait vu que les soldats fusillaient tout le monde, dans les villages : comme ça, il ne restait personne qui pouvait parler. Sean se souvenait — et le moindre détail était aussi net que l'image qu'il avait devant lui — d'un soldat américain qui berçait une carabine dans ses bras : debout au milieu des herbes qui montaient jusqu'à sa taille, il regardait, à ses pieds, un villageois mort. Du bout de sa chaussure, le soldat avait poussé le corps ligoté, pour le retourner : la tête, avec ses cheveux noirs, avait roulé loin des épaules.

Le gémissement de la sirène se rapprocha. L'homme qui était par terre se retourna, empoigna la barre de fer, et lutta pour sa vie.

Dans un bruit assourdissant, Cary envoya promener le plateau.

« La police! »

Il pointa un doigt, leva un pouce court, et sa main devint un pistolet.

« Bang! Bang!

— Du côté de qui tu es? » grogna Patrick.

Cathy, dans son fauteuil, s'agita ainsi que ses trois frères, et soupira d'ennui : Avocados venait à nouveau de pénétrer dans le cercle pour ramasser les plateaux.

« Tire-toi de là, bon sang! » cria Patrick.

Marti, tout en tenant sa culotte, faisait de petits sauts.

« Vas-y! Tue-le! criait-elle, ravie.

— Tais-toi, et va au petit coin », ordonna Cathy.

Marti ignora sa sœur aînée.

« Pousse-toi de là! » hurla Patrick.

Des hommes en uniforme, le pistolet braqué, se précipitèrent par la porte. Les pistolets jetèrent des éclairs. Un agent roula sur le sol. Les gangsters abandonnèrent le blessé; celui-ci se releva avec peine, ramassa l'arme du policier qui avait été atteint, et se lança en trébuchant à la poursuite de l'un des tueurs, celui qui l'avait tenu au bout de son arme. Le gangster escaladait une échelle d'acier qui conduisait à une passerelle. Le blessé, à son tour, se mit à gravir les barreaux de l'échelle. Les pistolets claquèrent. Le tueur, sur la passe-

relle, tournoya sur lui-même, et plongea dans le trépas.

« Mort », annonça Cathy.

Et Marti, avec un petit rire étouffé :

« Bravo! Ils l'ont eu.

— C'était pas bon du tout, comme émission, dit Cary.

— Est-ce que vous voulez être tous assez gentils pour la boucler? » réclama Cathy.

Sean :

« C'est pas fini. Ils vont dire où les gangsters ont planqué le fric.

— On s'en fout. »

Cary bâillait.

« Marti, mets le dessin animé. »

Marti fit tourner le cadran.

Un chat, brandissant une hache, poursuivait une souris minuscule. Ils traversaient la maison, grimpaient l'escalier, sortaient par la fenêtre, et continuaient à courir le long d'un fil électrique.

« Remets l'autre chaîne. »

Marti poussa aussitôt les hauts cris.

« Attends que ce soit fini, dit Sean.

— Il n'y en a plus que pour deux minutes, ajouta Cathy.

— Pas de dessin animé, dit Patrick. Je veux le western. »

Voix perçante de Marti :

« Et moi, je veux le dessin animé! »

Cathy reconnut, avec un soupir :

« On a eu des dessins animés tout l'après-midi. »

Après avoir relevé le plateau de Cary et installé les cinq tables en demi-cercle devant la télévision, Avocados s'en retourna, et ramassa sur le tapis une serviette de bain humide. Elle jeta un coup d'œil autour d'elle pour voir s'il y en avait d'autres, puis gagna le patio par une porte vitrée coulissante.

Sur le carrelage du patio, la servante mexicaine trouva une autre serviette, humide et lourde de sable. Le ressac du mois d'août, sur la plage de Malibu, noya le mugissement d'une sirène de police qui mettait fin à l'émission.

Le patio, avec son barbecue de briques qui occupait tout un mur, avec sa table de plage, ses fauteuils, ses chaises longues peintes de couleurs vives, était jonché de maillots pleins de sable et de jouets en matière plastique. La bonne jeta les maillots humides et les serviettes en tas sur un côté de la porte, et mit un peu d'ordre dans les affaires des petits Moss.

Elle appuya contre le mur bas qui séparait le patio de la plage un matelas pneumatique en toile caoutchoutée encore gonflé. Puis elle chercha autour d'elle les quatre autres matelas qui étaient devenus son tourment quotidien.

Elle en découvrit trois devant la maison, dans le sable blanc et mou. Elle fit passer les matelas par-dessus le mur, retira ses chaussures, et s'en alla pieds nus vers l'océan à la recherche du dernier. Le sable fin était encore chaud sous ses pieds, et elle s'arrêta pour regarder le coucher du soleil.

Les derniers rayons jetaient une lueur rouge sur la plage nettoyée par les vagues, où les mouettes blanches s'étaient posées face à la mer. De longs nuages paresseux, teintés de rose par le soleil déclinant, adoucissaient les dernières lueurs du jour. L'air était frais et pur. Un orage des tropiques, venu du sud lointain, avait chassé la moiteur qui submerge habituellement la Californie du Sud, et débarrassé le ciel de ses brouillards. Maintenant, en cette dernière semaine d'août, des nuages, très haut, tamisaient la chaleur qui avait grillé les arides collines de Malibu.

Avocados trouva le dernier matelas près de l'eau. Alors qu'elle revenait vers la maison, le matelas sous son bras, elle remarqua un jeune couple bronzé qui sortait des vagues dans une gerbe d'éclaboussures, et courait vers l'entrée du lotissement voisin. Elle les observa pendant qu'ils se séchaient à l'aide d'une immense serviette bleue, puis se laissaient tomber dans une chaise longue, face à la mer. Avocados vit le jeune Américain ouvrir une boîte et en tirer un petit morceau de papier blanc qu'il emplit de quelque chose et qu'il roula. Face au soleil couchant, la fille prit un briquet de métal brillant, alluma la cigarette, aspira une profonde bouffée, et la fit passer à son compagnon.

De l'autre côté de la blanche villa des Moss se dressait un chalet en forme d'A. Le mur de devant, vitré, étincelait au soleil. Une musique, venue de la terrasse de bois, se promenait à travers la plage. Une servante noire apportait des boissons à des hommes et des femmes violemment colorés, qui reflétaient eux aussi, tout en parlant et en buvant, la lumière rouge du soleil couchant. La Mexicaine ramena son regard de la serveuse noire à l'autre villa : la jeune fille, bronzée, avec de longs cheveux blonds, s'était levée de la chaise longue et commençait à faire bouger son corps svelte au rythme de la musique. Le garçon à la cigarette glissa jusqu'à elle et ils se mirent à danser dans le soleil couchant.

Avocados porta la main à sa poche, et d'un simple déclic, renvoya au néant la musique américaine. Ce qu'elle entendait maintenant, c'étaient les guitares Mariachi, celles qu'elle aimait à Mexico : elles lui parvenaient grâce à l'écouteur du transistor qui pendait à son cou. Parfois, le fil ballant de l'écouteur s'emmêlait dans les boucles serrées de la mise en plis qu'elle se faisait elle-même; parfois, quand elle se trouvait dans la cuisine, il s'accrochait à la poignée du réfrigérateur. Mais Avocados aurait supporté n'importe quel inconvénient : le minuscule appareil lui procurait, dans la villa de la famille Moss, l'un des rares plaisirs de sa vie solitaire. Tout en écoutant *sa* musique, la bonne escalada le mur avec le matelas, envoya ce dernier rejoindre les quatre autres, et par le panneau vitré ouvert, regagna le salon de T.V.

Elle trouva les cinq enfants là où elle les avait laissés, le regard toujours rivé à l'écran. En franchissant la porte à claire-voie du salon, elle jeta un coup d'œil sur le film — des cavaliers dans le désert —, puis elle traversa le hall et pénétra dans la cuisine. Là, elle ouvrit un grand four dont le souffle brûlant la fit reculer. A l'intérieur du four, on distinguait quatre repas de télévision en train de mijoter, emboîtés dans quatre plateaux d'aluminium absolument semblables, quatre repas identiques : rôti en conserve, petit pain, pois chiches, et purée de pommes de terre solidifiée sous feuille d'étain, le tout mitonné dans de petits logements argentés emboutis dans la surface du métal.

Une assiette attendait un cinquième repas sur la tablette à côté du fourneau, avec une poêle fumante dans laquelle Avocados jeta, garni de graisse, le steak de Cary. Elle surveilla la viande pendant qu'elle dorait et grésillait, puis elle la retira et la glissa sur l'assiette, avant d'arroser indifféremment de sauce le fromage de campagne, les tomates et les carottes rapées.

Elle sortit du four les plateaux d'aluminium, et les transvasa dans des assiettes. Dans deux des assiettes, elle coupa la viande en petits morceaux avec un couteau affilé. Puis elle plaça les repas, ainsi que des verres de cristal taillé emplis de lait, sur une table roulante qu'elle véhicula à travers le hall jusqu'au salon de T.V.

L'écran lumineux était maintenant empli de gens d'une ville frontière de l'Ouest américain qui traînaient un jeune cow-boy avec une corde vers l'échoppe d'un forgeron.

L'œil sur son chargement, Avocados passa devant les quatre enfants assis sur le long canapé, et déposa assiettes et verres de lait sur les plateaux métalliques. Elle se redressa et marqua un temps d'arrêt avant de servir le dernier repas à la fillette qui occupait le fauteuil anglais. La fillette, qui avait neuf ans, se contorsionna violemment pour voir malgré la bonne, et dit d'une voix sifflante :

« Avocados! Tu nous bouches *encore* la vue. »

Si la bonne, qui ne connaissait pas plus de vingt mots d'anglais, devina ce que signifiait le ton plein d'aigreur de la fillette, elle n'en montra rien. Elle ne faisait aucun effort pour comprendre le langage de ces enfants, et comme elle parlait peu, les enfants n'éprouvaient guère le besoin de la comprendre. Elle passa derrière le canapé pour regarder le film.

Le jeune cow-boy suppliait ses ravisseurs. Il poussa un cri lorsque les hommes, murés dans leur silence, l'obligèrent à poser la main droite, celle avec laquelle il se servait de son arme, sur l'enclume.

Les cinq enfants se penchèrent en avant. Avocados ne broncha pas.

Le forgeron du village éleva son marteau, puis l'abaissa d'un coup.

II

« Tu es une vraie cruche, Avocados! » jeta Cathy dans le dos de la bonne, alors que celle-ci poussait le chariot vers la cuisine.

Les enfants avaient surnommé cette grosse fille Avocados deux semaines après son arrivée, au début de l'été. Un jour, la mère des enfants avait jugé la Mexicaine assez aguerrie pour faire les courses toute seule au supermarché rutilant de Malibu. Et Graziela Montoya avait acheté deux douzaines d'avocats. Comme la peau des fruits, aussi épaisse que celle d'un alligator, s'était révélée un peu dure sous la dent, on les avait mis à mûrir sur le rebord ensoleillé de la fenêtre de la cuisine, et plutôt que de les voir calcinés, cette idiote avait mangé les sept derniers dans la même journée. Elle avait été malade pendant deux jours, dans la chambre de derrière. Quand elle avait retrouvé suffisamment ses esprits pour reprendre le travail, Graziela Montoya, qui venait d'un village jaliscan au nom imprononçable, près de Guadalajara, avait été baptisée Avocados par les petits Moss.

Paula Moss trouvait la Mexicaine assez capable, et seulement un peu bizarre. Par exemple, elle aurait bien voulu savoir pourquoi Avocados faisait des provisions de barbe de maïs, la laissait sécher, et en confectionnait une infusion qu'elle buvait. Et que faisait-elle, au nom du Ciel, de toutes les graines de cantaloup qu'elle mettait de côté ?

« Une chose est certaine, disait Paula à son mari, c'est qu'on peut être sûr qu'elle restera à la maison. »

Paula expliquait que la Mexicaine semblait ne connaître à Malibu qu'une seule autre bonne avec laquelle, parfois, elle allait à la messe. Pour autant que Paula puisse en juger, les deux femmes n'avaient pas les mêmes jours de congé, et quand Avocados était libre, elle restait le plus souvent dans sa chambre. Sa présence permanente à la maison avait suffisamment inspiré confiance à Paula pour qu'elle lui confie ses cinq enfants durant un week-end en juin, et deux fois en juillet, lorsque Paula et Marty étaient allés à Palm Springs. Cette confiance dans la Mexicaine s'était révélée justifiée. Avocados avait même fait preuve d'initiative. Comme il était interdit à Cary de manger des biscuits, elle avait tiré un fil avec des clochettes en travers de la boîte.

Avant de prendre le Jet qui devait les conduire en Italie, Paula avait rédigé des intructions détaillées à l'intention de la bonne. Elle avait remis ces instructions à Terry Nevins, une Anglaise qui travaillait pour l'impresario de son mari. Terry avait vécu à Majorque, où elle avait appris l'espagnol tout enfant, et elle avait traduit les directives de Paula avec une facilité qui avait confondu celle-ci. La secrétaire avait assuré Paula qu'elle se ferait un plaisir d'aller à la villa de temps à autre jeter un coup d'œil sur les enfants et sur la bonne.

En cette soirée du mois d'août, un double des instructions, gondolé par la chaleur de l'été, était suspendu dans la cuisine près du téléphone mural. L'original était collé avec une bande de scotch sur la glace d'Avocados, dans sa chambre, et la bonne avait scrupuleusement respecté l'un des ordres de Paula : les repas de télévision ne devaient *jamais* — jamais souligné deux fois — être servis dans leur plateau d'aluminium. Le dîner des petits Moss devait toujours leur être présenté dans des assiettes de faïence..

Cathy ne montrait aucun intérêt pour l'assiette placée devant elle; elle rejeta en arrière ses longs cheveux décolorés par le soleil, et allongea le bras pour attraper, sous son fauteuil, le magazine de télévision qui traînait sur l'épaisse moquette beige. Elle consulta le programme de la soirée et, avec un stylo à bille, cocha soigneusement les noms de ses frères et sœurs inscrits en face de chaque émission. Cathy était fière de son écriture. Des cinq enfants elle était la seule à avoir maîtrisé cet art. Elle interpella son frère.

« Cary, c'est à toi de choisir la prochaine émission.

— C'est déjà fait.

— Tu tiens toujours à ce truc idiot de science-fiction ?

— C'est ce que j'ai choisi!

— On l'a déjà vu. »

Cary, huit ans, dix kilos de trop pour son âge, leva le nez de son régime. Pendant qu'il examinait Cathy à travers ses verres, il laissa échapper le petit bout de viande à moitié crue qu'il tenait entre ses doigts graisseux — tache rouge sur sa chemise — et dit :

« C'est mon tour. J'ai bien le droit de regarder de la science-fiction si je veux. C'est comme ça qu'on a partagé les émissions, ce matin. »

Une fusée argentée glissa à travers le silence de l'espace insondable; une pluie de météores jaillit tout autour d'elle.

Cary, à l'intérieur de la capsule pressurisée, ne sentait plus la pesanteur.

« Cary, c'est un truc qu'on a vu des *centaines* de fois! »

Patrick Moss avança le bout de son doigt sale parmi les petits morceaux de viande et les mélangea à la purée. Portant ensuite avec son doigt la mixture à sa bouche, il marmonna à l'intention de Cary :

« Méfie-toi. Elle dit toujours ça lorsqu'elle veut avoir son émission à elle...

— C'est pas vrai! Mêle-toi de ce qui te regarde, Patrick Moss. C'est une affaire entre Cary et moi. »

Tout en mastiquant, l'enfant, résigné, haussa les épaules. D'une façon ou d'une autre, elle ferait ce qu'elle voudrait avec Cary. Elle avait toujours fait ce qu'elle avait voulu. Patrick se retourna, cherchant la bonne des yeux. Sa tranche de rôti avait été découpée exactement de la même façon que celle de sa petite sœur, Marti, et il en était profondément vexé.

« Avocados! »

Il essaya de se faire entendre jusqu'à la cuisine, où il savait qu'elle était en train de préparer son propre repas.

« Avocados, si jamais tu coupes encore ma viande comme ça, c'est toi que je découpe en morceaux. »

Il se tourna vers Cathy.

« Faut que Miss Nevins lui dise que je sais couper ma viande tout seul, pas vrai? »

Patrick baissa le nez dans son assiette et fit semblant de cracher dans cette détestable nourriture. Il voulut prendre son petit pain, et découvrit qu'il s'était envolé. Il se tourna instantanément vers Cary.

La dernière bouchée du petit pain disparaissait dans la bouche de Cary, qui s'empressa de balayer les miettes sur le devant de sa chemise.

« Grosse Larve! Tu m'as volé mon pain! »

Patrick allait se remettre à crier lorsque Cathy bondit de son fauteuil et se précipita sur Cary.

« Crache! »

Cary se dépêcha d'avaler la bouchée de pain.

« Tu as promis à maman et à Marty de suivre ton régime! »

Cary baissa les yeux, cueillit une grosse miette sur sa chemise, et l'engloutit. Il était là, à grignoter comme un lapin, mais ne pouvait se résoudre à regarder sa sœur.

« Tu ne fais de tort qu'à toi-même, on te l'a dit. »

Cary eut un soupir d'impuissance.

« Est-ce ma faute si j'ai faim ? Tout le monde peut manger ce qu'il veut, sauf moi. »

Il finit par lever les yeux vers sa sœur, mais Cathy était déjà revenue s'asseoir devant la télévision et, faisant jouer la commande à distance, changeait de chaîne.

« Grosse Larve est puni : il ne regardera pas la science-fiction! »

Patrick, qui en était de son petit pain, ricana méchamment.

Cary savait que ce n'était pas la peine de lutter avec sa sœur aînée; la défier revenait simplement à provoquer d'impitoyables moqueries sur son embonpoint.

Sean n'avait prêté aucune attention à la dispute entre sa demi-sœur et son demi-frère. Il partageait son intérêt entre l'écran de télévision et un petit carnet noir. Dans le carnet était dessiné avec soin le plan d'un château. Les murs, le fossé, les fortifications portaient des inscriptions minutieusement imprimées à la main. Sean ne savait pas encore écrire. Mais il était plus adroit en imprimerie que n'importe quel élève de sa classe de 3e année.

Sean repoussa son assiette et, posant le carnet sur le plateau de T.V., dessina avec application un drapeau sur la tourelle la plus élevée. Marti, la petite de quatre ans, qu'un passage de publicité assommait, se hissa sur les genoux de Sean. Ce dernier fut d'abord tenté de la repousser, puis il changea d'idée, et l'aida à s'installer confortablement. Les yeux gris de Marti se levèrent vers Sean, et elle demanda, sans doute pour la dixième fois de la semaine :

« Raconte le château! »

Le petit garçon savait que Marti ne le lâcherait pas avant qu'il lui ait dit comment il allait s'y prendre pour bâtir l'immense château, sur la plage, en face de la villa. Marti était la seule des petits Moss à s'intéresser vraiment au projet de Sean. A quatre ans, déjà, elle savait que son frère ne pouvait pas lui refuser ce qu'elle demandait. Chaque fois que Marti voulait qu'on s'intéresse à elle, chaque fois qu'elle avait besoin de s'asseoir sur les genoux de quelqu'un, elle allait trouver Sean, et lui posait des questions sur le château.

Marti parlait à son frère en le regardant bien en face. Les autres enfants oubliaient souvent que Sean portait à l'oreille gauche un minuscule appareil acoustique dont il fermait souvent le bouton de commande. Marti, prodigieusement intéressée par l'appareil, avait appris à observer les réactions de Sean pour savoir s'il écoutait.

Dans la cuisine, Avocados hachait des oignons et se préparait à faire réchauffer pour son dîner les haricots de la veille. Tout en vidant avec une louche la purée rougeâtre dans une marmite, elle se mit à retirer les rouleaux de sa chevelure noire et brillante. Elle alla dans sa chambre, se donna un coup de peigne, et revint à la cuisine alors que les haricots étaient en train de bouillir. Elle les versa dans une assiette, ajouta les oignons hachés, et revint dans la salon de T.V. Elle s'assit dans le fauteuil, derrière le bureau en noyer de Marty Moss, plongea sa cuiller dans les haricots, et jeta un coup d'œil aux petits Moss dont les têtes se profilaient sur l'écran.

Dans le désert, des chevaux galopaient avec un bruit de tonnerre.

Elle se souleva pour regarder les plateaux par-dessus le dossier du canapé. Tous les enfants avaient fini de manger, à l'exception de Patrick qui fourrageait dans sa purée. La Mexicaine était frappée par la grande différence qu'il y avait entre Sean et Patrick. Les deux frères, aussi bronzés que leur père, avaient tous deux des cheveux blonds et bouclés, et des yeux bleus, mais alors que Sean paraissait plus grand que son âge, Patrick était petit et musclé. Avocados avait rarement vu le plus grand en désaccord avec qui que ce fût, même avec Patrick qui n'était jamais long à en venir aux mains et à piquer des colères. Sean, lui, n'avait jamais posé de problème à Avocados. Tout en mangeant ses haricots, elle remercia la Madone qu'il y en eût au moins un sur les cinq qui fût sage.

Son repas terminé, Avocados sortit de sa poche un peigne à queue-de-rat, et se pencha vers Marti pour dégager ses cheveux qui l'empêchaient de voir. La Mexicaine avait apporté avec elle cette superstition selon laquelle tout enfant qui regarde la télévision avec les cheveux dans les yeux court le risque d'une cécité qui, pour être accidentelle, n'en est pas moins inévitable. L'intrusion d'Avocados parmi les cow-boys de la télévision rendit Marti furieuse : elle repoussa le peigne.

« J'veux pas! J'veux pas! »

Agacée par les cris de l'enfant, la bonne pointa son doigt d'abord vers le verre de lait auquel Marti n'avait pas touché, puis vers l'écran de télévision. C'était clair : Marti devait boire son lait, sinon pas de télévision.

Marti ignora le verre, mais Cary, à sa gauche, se chargea de lui rappeler ce qui l'attendait si elle ne buvait pas son lait.

« Tu ferais bien d'obéir, si tu ne veux pas qu'Avocados t'envoie tout droit au lit », dit-il sans chercher à dissimuler la satisfaction que lui procurait cette éventualité.

Avec une vilaine grimace à l'intention de la bonne qui se tenait derrière le canapé, Marti prit le verre, en répandit une bonne quantité sur la moquette, et avala le reste.

Encouragée par cette victoire, la bonne se dirigea vers le fauteuil, tapa sur l'épaule de Cathy et montra du doigt les pois chiches dans l'assiette.

« Je n'ai pas d'ordres à recevoir de toi », bouda Cathy.

La bonne renonça. Elle se mit à rassembler les assiettes et les verres, et les porta sur le chariot. Elle replia les plateaux, épongea les taches de lait de Marti à l'aide d'une serviette de papier, et s'en retourna à la cuisine.

Sous un soleil brûlant, les bandits obligèrent le conducteur de la diligence à descendre de son siège. Les roues de la voiture dérapèrent sur le gravier; la diligence quitta la route et alla s'écraser dans un profond ravin. Les passagers criaient.

Grimace de Patrick.

Avocados sortit de sa chambre, et gagna le hall : elle portait une jupe noire et un chemisier blanc transparent bordé de dentelle. Elle mit les mains à sa nuque, et ajusta le fermoir d'un collier de verroterie. Elle s'arrêta devant la glace de la salle de bain du rez-de-chaussée pour faire bouffer ses cheveux. Du bout de l'ongle, elle rectifia le tracé de son rouge à lèvres.

Elle revint dans la cuisine, jeta un coup d'œil à sa montre, vérifia l'heure à l'horloge de la cuisine, et sortit par la porte de derrière. Postée à la clôture, elle regarda la route obscure sur laquelle donnaient les garages des habitants de Malibu, et elle vit des Cadillac, des Lincoln, des Bentley, des Imperial, des breaks garés sur le côté de la route, des voitures trop longues pour des garages dont on avait dessiné les plans trente ou quarante ans plus tôt. Elle fit de nouveau bouffer ses cheveux, et passant par la cuisine, elle retourna dans la maison qu'éclairait seulement la lumière de la télévision en couleurs.

Ayant gagné le salon, Avocados s'assit dans le fauteuil du bureau. Pendant quelques instants, elle regarda le film.

Un homme et une femme se disputaient un grille-pain cassé.

Comme elle ne trouvait rien de drôle à ce qu'elle voyait, Avocados se détourna de l'écran, et examina le bureau de Mr. Moss. Un coupe-papier de trente centimètres de long, incrusté d'or, était posé sur une pile de lettres. La Mexicaine s'était toujours sentie mal à l'aise dans cette pièce qui servait de cabinet de travail à Mr. Moss. Les sagaies, les massues, l'armoire à fusils à côté du bureau, les tomahawks entassés dans un coin, les masques africains, la tête de jaguar qui montrait les dents, et jusqu'à la peau de léopard qui recouvrait le fauteuil, tout cela, elle le savait, provenait de ses voyages, et révélait sa vie excitante de producteur de cinéma et de télévision.

Dans ce salon, Mrs. Moss n'avait pas été oubliée. Un Oscar scintillait sur le rebord de la cheminée, à côté d'une photographie qui fixait pour l'éternité le jour où Paula Moss avait été sacrée meilleure actrice de second plan. Au-dessus du bureau de son mari, un portrait d'elle, peint à l'huile, laissait tomber un sourire.

Marty Moss était représenté en pied, en compagnie d'un gros poisson, le ventre en l'air, avec, en fond, la flotte de pêche des Guaymas. Le poisson lui-même, étincelant, était maintenant fixé à un support et reflétait, de même que le trophée de Paula, les couleurs brillantes de la télévision.

Avocados fit glisser le panneau vitré moucheté d'embruns, et regarda dehors en direction de la plage. Dans l'obscurité, le ciel et la mer se confondaient. On entendait le roulement de tambour des vagues. Elle repoussa le panneau, en prenant soin de ne pas le verrouiller, puis regagna le fauteuil du bureau, fit bouffer ses cheveux et se mit à attendre.

« Comment ça se fait qu'elle est sur son trente-et-un ? demanda Patrick.

— Ne fais pas l'imbécile, répondit Cathy, tu le sais très bien. »

Patrick se tourna sur le canapé et regarda la Mexicaine : cela faisait deux fois, cette semaine, qu'elle se parfumait avant de les envoyer au lit.

La bonne adressa un sourire au petit garçon, et lorsqu'elle s'aperçut qu'il continuait à la regarder, elle s'agita et détourna les yeux. Elle se leva et se mit à examiner les rangées de photographies, dans leurs cadres noirs. Elle allait de l'une à l'autre. Ici, Mr. Moss debout à côté d'une énorme caméra. Mrs. Moss, moulée dans un costume pailleté, les bras tendus vers un éléphant qui l'enlevait dans les airs. Mr. Moss, en pied, armé d'un fusil, devant la dépouille d'un daim. Mrs. Moss dans les bras d'un homme aux cheveux coupés en brosse. Mr. Moss, très jeune et mince, à l'époque où il n'était pas encore chauve, posant à côté d'un cowboy qui le dépassait de deux têtes. Dans un coffret vitré, sur un coussin blanc, il y avait un cœur, non comme on en voit dans les églises, mais un *Purple Heart*[1]. Elle lut l'inscription : Saint-Lô, France, 1944.

La Mexicaine fit de nouveau bouffer ses cheveux, puis elle traversa la pièce, ouvrit le panneau vitré, et scruta l'obscurité.

« Patrick Moss, lâche ça! »

La fillette bondit de son fauteuil, et tenta d'arracher au robuste petit garçon le boîtier de commande. Quand elle y fut parvenue, après lui avoir tordu le poignet, Patrick alla chercher de l'aide auprès de Sean.

Sean ne leva même pas les yeux de son carnet :

« Je croyais que Patrick devait regarder son émission policière. »

Cathy brandit le magazine de T.V.

« Vois par toi-même. C'est la pièce qu'on a marquée! »

Sean n'insista pas. Chaque fois que sa sœur se dressait sur ses pieds et se mettait à crier, le petit garçon ne disait plus rien. Mais ce soir, Cathy n'avait pas l'intention de s'en tenir là.

Elle ouvrit le magazine d'un coup sec et le fourra sous le nez de son frère après avoir posé son doigt sur le titre de l'émission.

1. Littéralement : « Cœur pourpre ». Nom d'une décoration américaine.

« Tu vois ? On a déjà eu une émission policière. »

Bouillant de colère, Patrick battit en retraite vers sa place habituelle, à l'autre bout du canapé, et croisa les bras.

« On était tous d'accord quand le magazine est arrivé. »

Cary parlait en tant que lieutenant de Cathy.

« Vous ne voulez tout de même pas changer les règles ?

— La ferme, Grosse Larve! »

Patrick prit une profonde inspiration et, bondissant du canapé à la fenêtre, s'en alla regarder au-dehors. Vexé, il feignait de s'intéresser à tout, sauf à la télévision. Des éclats de rire, dans son dos, ne tardèrent pas à le ramener à sa place.

Les enfants étaient captivés. Ils gesticulaient et s'esclaffaient. Avocados jetait des coups d'œil de plus en plus fréquents à sa montre : elle se dirigea vers la porte coulissante qui ouvrait sur le patio et sur la nuit.

La pièce se termina. Puis il y eut un flot de musique.

Deux voitures s'engagèrent dans une folle poursuite à travers un défilé montagneux.

Les éclats de rire précédents étaient oubliés, et les enfants, serrés les uns contre les autres, gardaient maintenant le silence. Soudain, quelqu'un frappa à la baie vitrée qui donnait sur le patio. Ils se retournèrent et virent Avocados se diriger vers la baie obscure : derrière celle-ci, le visage d'un homme scrutait l'intérieur de la pièce.

Malgré la pénombre du dehors, les enfants remarquèrent que ses cheveux et ses yeux étaient aussi noirs que ceux d'Avocados; sa peau avait la même couleur cuivrée. L'homme portait une veste blanche empesée comme celle d'un conducteur d'autobus, et un nœud papillon noir fixé à son col.

Avocados fit glisser le panneau, et eut un sursaut quand elle vit le visage de l'homme apparaître en pleine lumière. Il avait un œil injecté de sang et à demi fermé par une paupière boursouflée et violette. Trois points de suture tiraient ses traits vers la pommette à vif. La bonne leva la main, mais s'arrêta avant de toucher la blessure.

L'homme eut un affreux sourire, et dit, à voix basse, quelque chose en espagnol.

Puis, pour rassurer la fille, il tira de sa poche des coupures de presse. Cathy, qui était la plus proche de la baie vitrée, se pencha de son fauteuil pour voir ce que tenait l'intrus. Elle chuchota à l'intention des autres :

« C'est une photo de lui, en boxeur. »

L'ami d'Avocados entendit la fillette; il eut le même sourire affreux, approuva de la tête, et répéta tout heureux à la bonne :

« *Si*. Boxeur. »

Tout en parlant espagnol, il faisait courir un doigt le long de sa fine moustache. Quand ils entendirent le nom de Tijuana, la ville frontière mexicaine, Cathy et les garçons surent où l'homme avait boxé.

Finalement, Avocados caressa gentiment l'œil enflé, et l'homme glissa un bras autour de sa taille. Avocados se trémoussa, recula, et d'un regard en direction des enfants, lui fit remarquer que ceux-ci les observaient. Le sourire de l'homme s'effaça; son visage se rembrunit, et il se remit à parler, mais cette fois, sans quitter les enfants des yeux. Il était clair qu'il demandait à Avocados de les faire déguerpir de la pièce. Mais la fille avait des instructions. Il se détourna d'elle, enfouit dans sa poche les articles de journaux, et caressa du bout des doigts le grand meuble de noyer qui contenait les armes et se dressait, fermé à clef, derrière le bureau de Marty Moss. Il examina, à travers la vitre et les barreaux, un Franchi à canons superposés, et un Magnum 300 H&H à lunette. Dans le bas de l'armoire, il aperçut des instruments pour nettoyer les armes et des boîtes de cartouches. Un pistolet, dans son étui, portait sur sa crosse la marque Smith and Wesson. Il fit jouer la poignée de l'armoire, et en s'aidant d'une médaille qui pendait à son cou, essaya de forcer la porte. La serrure tint bon. Il abandonna et quitta la pièce.

Avec une rapidité surprenante pour son embonpoint, la bonne passa entre les enfants et l'écran de la télévision. Un déclic, et l'image brillante s'évanouit.

Marti se mit à hurler avec des cris de plus en plus stridents.

Cary chercha le regard de sa sœur : Cathy allait-elle donner le signal de la révolte? Mais la fillette ne dit mot : elle se cramponna au bras du fauteuil jusqu'à ce que ses jointures deviennent toutes blanches, et posa sur la bonne un regard glacé.

Patrick bondit du canapé, et d'un autre déclic, redonna vie à l'écran. La musique de chevauchée emplit la pièce.

Furieuse, Avocados repoussa le petit garçon sur le sofa, et de nouveau, éteignit la télé. Elle parla avec une dureté qui ne lui était pas habituelle, et qui surprit les enfants. Elle s'exprimait en espagnol, mais on ne pouvait se méprendre sur le sens de ce qu'elle disait. Montrant successivement l'escalier, puis l'étage, elle leur ordonnait à tous les cinq d'aller au lit. Les cris de protestation de Marti montèrent encore d'un ton, et chacun des autres enfants se prépara à engager le combat contre Avocados. Cary s'enfonça profondément dans le canapé, d'où rien ne pourrait le faire bouger. Patrick bomba le torse avec un air combatif, et fit face à la bonne.

« On est chez nous, ici, cria-t-il. T'as pas le droit de nous dire ce qu'on doit faire!

— C'est pas gentil, dit Sean.

— Dis-le-lui, à lui, de s'en aller », cria Cathy à la femme, mais elle s'interrompit lorsqu'elle vit le regard d'Avocados se diriger vers la porte. Le Mexicain, sans quitter les enfants des yeux, cala soigneusement la capsule d'une bouteille de bière contre le bois d'un fauteuil, et, d'un coup sec, la fit sauter. Il but une longue gorgée à la bouteille, et laissa la bière fraîche glisser lentement dans son gosier. Puis, du revers de la main, il essuya sa moustache.

« Cary, chuchota Patrick. C'est toi le plus près. Remets la télé. »

L'homme regarda fixement le gosse, et, lentement, fit non de la tête. De la main qui tenait la bouteille, il invita Avocados à faire sortir les enfants.

Patrick marcha sur l'homme, carra ses épaules, et brandit ses poings serrés. Le Mexicain eut un ricanement qui retroussa sa moustache.

« Tiens! Tu veux boxer, toi aussi? »

L'homme posa sa bouteille sur la télévision, baissa une épaule, et se mit en garde. Les mains à plat, il incita le garçon à l'attaque.

« Vas-y, moustique! »

Patrick, les poings en avant comme un vrai boxeur, sautillait devant son adversaire, qui, en souriant, se mit à imiter le travail de jambes du petit garçon. Brusquement, Patrick, de toutes ses forces, se lança à l'attaque. L'homme, sans effort, esquiva le poing droit du gamin. Celui-ci fit un pas en arrière, rentra la tête dans les épaules, puis, après un nouveau jeu de jambes, lança une gauche qu'il essaya de doubler d'une droite. Le Mexicain n'était pas très grand, mais il réussit à contrer les coups. Ses épaules étaient secouées d'un rire silencieux. Sachant que ses frères et sœurs ne perdaient aucun de ses gestes, Patrick se refusa à rompre, et poursuivit le combat. Le Mexicain se défendit en riant jusqu'au moment où, de la paume ouverte de sa main droite, partit un coup très dur qui atteignit le petit garçon sur le côté de la tête. Pendant un instant, tout étourdi, Patrick le regarda sans rien dire, puis, tournant les talons, il se précipita hors de la pièce. Les quatre autres l'entendirent éclater en sanglots alors qu'il montait lentement l'escalier.

De son œil injecté de sang et enflé, le Mexicain observa l'un après l'autre chacun des enfants et se remit à sourire, mais cette fois avec dureté. Cathy, Marti et Cary s'étaient déjà éloignés de la télévision, et battaient en retraite, lorsque l'homme agrippa Sean, et d'une bourrade, l'envoya rejoindre ses frères et sœurs par la porte à claire-voie.

« La télé, dans la chambre de Patrick », lança Cary.

Les quatre enfants se ruèrent dans l'escalier.

L'homme s'était remis à boire. Avocados, tout

en se hâtant vers la chambre de Patrick, lui fit signe qu'elle ne serait pas longue à revenir.

Elle trouva les cinq enfants agglutinés autour d'un récepteur portatif en noir et blanc qui diffusait la même musique qu'en bas. Hurlant des ordres en espagnol, Avocados s'empara du petit récepteur, et débrancha la prise. Elle poussa les cinq enfants vers la salle de bain, et fourra dans leurs mains les brosses à dents.

Dix minutes plus tard, tous, garçons et filles, étaient, contre leur gré, au lit. Les manifestations de mauvaise humeur et les pleurs commencèrent à s'apaiser.

La maison fut lentement plongée dans le silence alors qu'Avocados descendait retrouver l'homme. Celui-ci avait pris dans la cuisine deux bouteilles de bière et des verres, et était retourné dans le salon de T.V. : alors qu'il versait la bière et la servait à la fille, il eut un large sourire qui escamota sa moustache. Avocados remit de l'ordre dans le collier de verroterie qui pendait sur sa poitrine imposante. Le Mexicain retira son nœud papillon, puis sa veste blanche, et apparut en tee-shirt. Il allongea le bras en direction du récepteur de télévision, et mit la chaîne de Tijuana. Quand ils entendirent les airs qui leur étaient familiers, Avocados et l'homme échangèrent un sourire. Ils burent, puis l'homme prit la main d'Avocados et la conduisit vers le canapé recouvert d'une peau de zèbre. Son bras entoura la taille de la fille; celle-ci fronça le sourcil et eut un mouvement de recul. Le sourire de l'homme se figea. Mais lorsque Avocados plongea sa main dans la poche, et en retira, pendue au bout d'une lanière de cuir, la clef de la porte à claire-voie, le sourire réapparut, encore plus éclatant, et l'homme consentit à retirer son bras.

En haut de l'escalier, dans le vestibule qui desservait les chambres, les enfants s'étaient rassemblés. Un doigt posé sur ses lèvres, Cathy prit la tête de la petite troupe, qui descendit les marches sur la pointe des pieds. Cary traversa le hall en courant pour être le premier à regarder à travers la porte à claire-voie. Il manœuvra la poignée.

« Bouclée! chuchota-t-il.

— Chut! »

Les quatre autres se bousculèrent pour regarder à travers les lattes de la porte.

« Ils sont en train de s'embrasser, chuchota Cathy.

— Regardez ce qu'il lui fait, dit Patrick. C'est pas un boxeur, c'est un embrasseur!

— Chut! »

Les cinq enfants, silencieux, virent l'homme serrer Avocados dans ses bras. La musique leur parvenait en sourdine, couverte par le bruit d'une respiration haletante. Avocados se trémoussait.

« Ils continuent à s'embrasser, chuchota Cathy.

C'est comme à la télé, mais ça dure plus longtemps.

— Regardez, dit Cary, étonné. L'Embrasseur : il lui enlève son chemisier. »

Dans le salon de T.V., quelqu'un allongea le bras; il y eut un déclic qui fit disparaître musique et lumière. Dans le noir, les enfants entendirent des soupirs.

III

Très haut dans le ciel, un Jet argenté dessina un trait étincelant, et cet après-midi d'été parut encore plus calme : d'une immense tranquillité où il n'y avait rien d'autre que la mer et le ciel bleu du mois d'août. Quant au reste du monde, ce bleu sombre de l'océan qui s'étendait au-dessous du ciel, seules les longues vagues immaculées qui venaient rouler sur la plage de Malibu, troublaient son silence.

Quatre des petits Moss pataugeaient dans les vagues, face à la villa blanche. Ils étaient les seuls à se baigner. Sur un monticule, à la limite du sable noir et humide, là où la plage sèche et blanche commençait à miroiter, Avocados et son compagnon étaient presque entièrement cachés sous une couverture. Une main brune tira cette couverture par-dessus leur tête alors qu'ils s'agitaient et chuchotaient, et que le matelas de plage sur lequel ils étaient couchés dansait gentiment. Un peu plus haut que le monticule, au-delà de la limite de la marée haute, là où le sable blanc scintillait au soleil, Sean avait tiré son carnet de la poche de son blue-jean effiloché. D'une autre poche, il sortit un mètre métallique, tira le ruban brillant, et porta une longueur dans le sable, à un endroit où il était bien plat. A angle droit avec cette première marque, il prit une nouvelle mesure, avec autant de sérieux qu'un architecte qui imagine déjà un édifice gigantesque là où d'autres ne voient que le vide.

A côté du couple, sous la couverture, un transistor diffusait de la musique douce. Le matelas de plage tressauta; une main brune repoussa soudain la couverture, et l'homme et la femme abritèrent leurs yeux du soleil brûlant du mois d'août. L'Embrasseur, en riant, tendit une bouteille noire à Avocados. Celle-ci prit la bière fraîche et, l'inclinant avec précaution, but une longue gorgée glacée; elle eut un petit rire satisfait, et s'essuya la bouche du dos de la main. Puis cette main passa derrière l'épaule de l'Embrasseur; Avocados laissa l'homme l'enlacer et ramener la couverture au-dessus de leurs têtes.

Loin dans le ciel, le bourdonnement de l'avion s'éteignit. Le transistor d'Avocados et le rythme régulier du ressac furent seuls à rompre le silence de cet après-midi de paresse. Trois des enfants faisaient des cabrioles et des culbutes dans les vagues, dont les gouttes d'eau scintillaient à la lumière du soleil. Marti, toute seule, chantait joyeusement.

Sean, l'architecte, prit de nouveau son mètre d'acier pour vérifier l'alignement d'un mur qu'il voyait dans sa tête. A quatre pattes, il étira le mètre sur toute sa longueur, puis il se releva et considéra, à ses pieds, le futur château.

La couverture qui dissimulait Avocados et l'Embrasseur, sur le matelas, bougea légèrement lorsque le speaker de la radio se mit à parler espagnol.

Il s'écoula encore une heure sous le soleil d'août.

Puis le bleu lumineux de l'océan s'obscurcit. La partie surélevée de la plage devint encore plus blanche tandis que le soleil orange dorait l'ambre du sable.

Une main sortit de la couverture et éteignit la radio. L'Embrasseur repoussa la couverture, cligna des yeux à cause du soleil, et se mit sur son séant. Il étendit les jambes, et s'efforça d'introduire ses pieds dans des chaussures pointues en cuir noir. Avocados était allongée sur le dos, et protégeait ses yeux avec ses mains. L'Embrasseur se leva, remit son nœud papillon en place sous le col blanc, enfila ses bras dans la veste empesée, et épousseta le sable. Avec un rire, il en jeta une poignée sur la femme. Avocados gloussa. L'Embrasseur grimaça un sourire complice à l'intention de la fille étendue à ses pieds. Elle avala une dernière gorgée de bière, et laissa la bouteille noire rouler loin du matelas. Puis elle allongea son bras dodu, et fit bouger ses doigts courts et délicats. Le *querido* allait-il reprendre son travail au restaurant?

L'Embrasseur aplatit ses cheveux noirs et luisants, et vérifia d'un doigt sa moustache clairsemée. Il prit la main tendue d'Avocados, se pencha, et l'embrassa dans le creux du coude. Puis il avança la tête, et l'embrassa dans le cou, et il embrassa aussi la proéminence arrondie de ses seins qui gonflait la blouse déboutonnée.

La main de la femme s'attarda sur son bras comme si elle lui demandait de rester, mais l'Embrasseur tourna les talons, et d'un pas embarrassé par le sable mou, se mit en route, avec son ombre qui s'allongeait devant lui, vers le Restaurant Marlin.

Cathy, dans les vagues, alerta Cary et Patrick :

« Regardez! Maintenant, elle va se rendormir aussi sec! »

Comme Cathy l'avait prévu, Avocados se pelotonna sur le matelas pneumatique, déplaçant son poids, cherchant la position la plus confortable, puis sa main brune remonta la couverture sur ses épaules grassouillettes.

Patrick pataugea en direction du rivage.

« Marti! Écoute! L'Embrasseur est parti. Va vite demander la clef de la T.V. à Avocados avant qu'elle dorme. »

Couverte de sable, Marti enfonça ses orteils dans le rivage humide. Elle regarda tour à tour ses deux frères et sa sœur. Puis elle prit encore plus profondément racine.

Cathy lui cria :

« Marti! Va demander la clef à Avocados. »

La petite ignora l'ordre : il était évident qu'elle trouvait irrésistible le ruissellement des vagues et du sable humide autour de ses chevilles.

« De toute façon, dit Cary, Avocados ne la lui donnera pas.

— Qu'est-ce que tu en sais ? » demanda Cathy.

Cary vint faire naviguer son matelas du côté de Cathy et de Patrick.

« Elle ne voudra pas parce que Paula et papa lui ont dit tous les deux : pas de télé dans la journée.

— Papa ne lui a pas donné le droit de boucler la porte, fit remarquer Cathy.

— Ça revient au même, dit Cary. De toute façon, elle ne voudra pas nous donner la clef.

— Vous êtes complètement stupides », déclara Cathy, avec ce ton supérieur qu'elle adoptait de plus en plus fréquemment cet été-là. Patrick et

Cary virent leur sœur rejeter ses cheveux humides en arrière et observer la femme, sur la plage.

« *Elle ne peut pas* nous priver de télé si on lui dit qu'il y a une émission de Marty à regarder. Marty l'a fait mettre sur la liste par maman : on a la permission de regarder *toutes* ses émissions.

— Mais tu as vu le programme, objecta Patrick, il n'y a aucune émission de papa aujourd'hui.

— Vous êtes vraiment complètement idiots tous les deux. Vous croyez que si on dit : « télé » et « papa », elle va y regarder de plus près ?

— Il va être six heures », annonça Patrick, et, pour prouver ce qu'il disait, il montra le cadran de la montre sous-marine qu'il portait à son poignet bronzé. Le petit garçon était aussi fier de posséder une montre sous-marine que de savoir lire l'heure.

« Il y a un film à six heures, soupira Cary avec envie.

— L'histoire d'un homme qui va en prison pour un crime qu'il n'a pas commis », précisa Cathy.

Patrick :

« On l'a déjà vu. »

Cathy haussa les épaules.

« Moi, ça m'est égal. J'adore ce film.

— Venez », dit Patrick. Et il se mit à courir en soulevant des gerbes d'eau qui poussèrent son matelas dans la retombée d'une vague.

Marti elle-même abandonna le sable humide et trotta à la suite de ses frères et sœur. Cary ramassa ses lunettes de soleil sur une serviette de plage, et courut après les trois autres.

Avocados bougea, rejeta la couverture d'un coup de pied, et, tel un chat qui profite des derniers rayons de soleil, elle se tourna sur le dos.

Quatre ombres s'étirèrent en travers de son corps grassouillet.

Cathy prit la parole.

« Papa t'a dit qu'on pouvait regarder *toutes* ses émissions à la télé! »

Cary, tout en essuyant ses lunettes noires à la serviette, acquiesça vigoureusement.

La femme était-elle endormie, sur le matelas pneumatique?

Cary chaussa ses lunettes, et pleurnicha :

« Elle comprend pas un mot de ce que tu dis.

— Elle comprend quand elle veut », répliqua Cathy.

Pour prouver son autorité à ses frères, elle frappa le sol d'un grand coup de pied, et éclaboussa de sable la blouse blanche de la bonne.

« Donne-nous la clef du salon de T.V.! Tout de suite!

— Tu vois? dit Cary. Je te l'ai dit. Elle comprend rien. »

Cathy allongea le bras, et tira sur la blouse de la femme.

« Réveille-toi, et donne-nous la clef. Tout de suite! »

Avocados se souleva de tout son poids, et retomba sur le côté.

« Debout, idiote! cria Cathy d'une voix perçante.

— Tu as promis à papa! » hurla Cary.

La petite Marti, en silence, observait cette agression contre le monde des adultes. Ses grands yeux gris se posèrent sur le visage de sa sœur aînée.

« Elle a la clef dans sa poche », dit Cary.

Patrick :

« Elle est soûle.

— La clef! » hurla Cathy.

Mais la femme, à leurs pieds, demeurait immobile. La fillette se tourna vers ses frères.

« Soulevez-la. »

Patrick et Cary regardèrent leur sœur, puis leurs yeux revinrent à la femme sur le matelas pneumatique.

« Ne restez pas là comme ça. Soulevez-la, que je prenne cette imbécile de clef. »

Les garçons ne bougeaient toujours pas.

« Cary, attrape son bras! Toi, Patrick, tu prends l'autre! »

Alors que les deux frères exécutaient mollement l'ordre de leur sœur, et empoignaient le corps pesant de la bonne, Marti fut prise de fou rire. Malgré tous leurs efforts, les garçons ne parvinrent pas à faire bouger leur bonne de plus de quelques centimètres.

« Tirez plus fort! » s'écria Cathy.

Marti se précipita au secours de Cary.

Cathy, de plus en plus audacieuse, glissa la main le long de la blouse blanche, pour prendre la clef dans la poche.

« Grouille-toi, dit Patrick.

— La ferme! »

Cary fit un pas en arrière et, ôtant ses lunettes, donna un petit coup aux verres pour en retirer le sable.

« On n'y arrivera jamais. »

Patrick eut une idée.

« Attachez la corde au matelas. Ce qu'on va faire, c'est la tirer jusque dans la mer. Ça la réveillera! »

Cary et Marti attendirent la réaction de leur sœur. Ils regardaient la fillette. Allait-elle approuver l'idée de Patrick ?

De la main, Cathy écarta ses cheveux noirs.

« Vas-y, Patrick. Cary et toi, vous prenez la corde. Moi, je vais pousser. »

Les garçons tirèrent sur la corde, Cathy poussa, et le matelas, avec son chargement de chair humaine, qui n'émettait aucune protestation, se mit à glisser lentement vers la mer.

Marti poussait des cris d'étonnement et d'admiration.

« Attendez une minute », dit Cathy.

Une fois de plus, elle rejeta ses longs cheveux en

arrière, puis, se tournant dans la direction du château de sable, appela son frère :

« Sean! »

Elle demanda à Patrick :

« Il nous entend ? »

Patrick cria à tue-tête :

« On va faire prendre un bain à Avocados! »

Les épaules grassouillettes de Cary furent secouées d'un petit rire. Sean, debout auprès des futures fondations de son château, replia le mètre-ruban dans son étui métallique. Après un dernier coup d'œil à l'emplacement de la construction, il se mit à galoper dans le sable.

Patrick et Cary tiraient le matelas, Cathy et Sean poussaient, les quatre enfants réunis firent glisser le corps flasque d'Avocados vers la mer.

Marti dansait autour d'eux avec des cris de joie.

Au bord de l'eau, une vague vint rouler sous le matelas gonflé, et le souleva. Brusquement, il se mit à flotter. La grosse Avocados eut un rire silencieux, et se mit à gigoter, tant et si bien qu'elle fit chavirer le matelas et tomba à l'eau. Quand elle se remit sur pied, sa blouse blanche ruisselait. Une nouvelle vague la faucha, et elle s'étala dans l'écume grondante.

« Tiens-toi au matelas, espèce de cruche! »

Cathy ordonna à ses frères :

« Sean, Patrick, et toi, Cary, aidez-moi à la remonter! Par ici! »

Les enfants se groupèrent autour de la femme qui était toute mouillée, et la soutinrent pour qu'elle résiste à la vague suivante, qui éclata autour d'eux. La grosse fille, avec l'aide des trois enfants, qui riaient, et celle de Cary, qui maintenait le matelas, finit par s'écrouler sur celui-ci.

De l'eau jusqu'à la taille, ils tenaient tous les cinq le matelas sur lequel ballottait leur bonne.

« Ça lui plaît drôlement », dit Sean.

A ce moment-là, Avocados cria quelque chose que personne ne comprit. Les enfants ricanèrent. Marti, elle, riait de tout son cœur à cette bonne blague, mais son rire s'évanouit soudain : elle venait de percevoir un changement chez ses frères et chez sa sœur. Elle vint les regarder sous le nez, et constata que leur sourire avait disparu, que le rire était mort.

Les cinq enfants étaient seuls dans l'eau avec Avocados. Sean et Cathy se tournèrent d'un côté et de l'autre, et scrutèrent l'écume blanche à la limite du rivage. Très loin sur la droite, une famille se rassemblait au bord de la mer. Tout à fait en haut de la plage, quelque part dans une des villas, on entendait de la musique. Des adultes étaient en train de boire. Un chien aboya. Cette musique et ce chien qui aboyait étaient, avec le fracas des vagues, les seuls bruits qui troublaient le profond silence du soir.

Cathy se remit à fouiller la blouse humide d'Avocados.

« C'est embêtant : tous ses habits collent à la peau. »

Avocados laissa échapper un rire léger lorsque la main de Cathy se faufila dans une de ses poches. La fillette parvint finalement à en extraire la lanière de cuir, et la clef qui pendillait au bout. Elle passa la lanière autour de son cou, et un sourire de triomphe éclaira son visage bronzé. Cette clef était un symbole : en même temps qu'elle, le pouvoir venait de changer de mains. La fillette s'éloigna de la bonne, qui flottait sur le matelas d'un bleu fané. Patrick et Sean abandonnèrent leur poste, et se dirigèrent vers le rivage. Cary, à son tour, lâcha prise, et rejoignit Cathy et Marti en pataugeant.

Avocados, seule sur l'eau, avec les vagues qui cognaient paisiblement contre le matelas, riait doucement.

Les cinq enfants, immobiles les uns à côté des autres sur le sable humide, regardèrent la femme vêtue de blanc flotter de plus en plus loin d'eux.

La lumière réfléchie par l'eau brillait tout autour d'Avocados, et aveuglait les enfants qui, depuis le rivage, suivaient les déplacements du matelas.

Celui-ci fut soulevé en même temps que la femme par une vague, et le rire d'Avocados se mêla au bruit du ressac qui claquait sur le rivage.

Dans le ciel, une mouette blanche poussa son cri.

Le matelas, qui s'éloignait lentement de la plage, prit soudain de la vitesse, entraîné par un malicieux et rapide courant contraire. Ce courant continuait sa course loin du rivage. D'une vague à l'autre, la femme et son radeau mirent le cap sur le large.

Les rires d'Avocados s'éteignirent.

Il y eut une descente en piqué des mouettes, et la femme, allongée sur le radeau qui ballottait dans une flaque de lumière, se mit à crier.

Cathy repoussa ses mèches de cheveux décolorés, et examina la plage. Ses frères et Marti suivirent son regard. Quelqu'un, dans une des villas de la plage, avait-il vu ce qui était arrivé? Quelqu'un avait-il entendu les cris d'Avocados?

Dans le patio de la maison qui se trouvait à droite de celle des Moss, on voyait trois adultes qui prenaient un verre dans la lumière ambrée du soleil couchant, une lumière qui soulignait chaque trait. La musique d'un pick-up éclata dans un haut-parleur, dehors, et les trois adultes se rapprochèrent avec leurs verres pour bavarder. De l'autre côté de la villa des Moss, derrière l'écran vitré qui protégeait la terrasse, une jeune starlette ajustait un minuscule bikini sur ses seins jeunes et fermes, tout en regardant son compagnon, superbement bronzé dans un étroit maillot de bain, et portant à son cou, au bout d'une chaînette, une médaille d'or. L'homme prit un tube dans un sac de paille orangée, et pressa un peu de crème à bronzer sur le dos de la fille. Avec des gestes lents et calculés, les mains de l'homme glissèrent le long du dos, étalant la crème, puis remontèrent vers les épaules pour redescendre enfin vers les seins. Sans interrompre ses caresses, il se laissa tomber avec la fille dans un transat.

L'attention des enfants se reporta vers l'océan. Leurs yeux cherchèrent le matelas ballotté dans la lumière scintillante des vagues. Au fin fond de la mer, à l'ouest, un soleil rouge sang éclata. Ils firent demi-tour, et projetant leurs longues ombres sur le sable, se mirent en marche tous les cinq vers la maison obscure.

IV

Brandissant la clef du salon comme un trophée, Cathy, à la tête des petits Moss, pénétra dans la villa silencieuse. Le hall obscur leur donna l'impression d'un souterrain frais et tranquille; aucun d'eux ne prit la peine d'allumer l'électricité. Sur la pointe des pieds, ou presque, ils traversèrent sans parler cette obscurité tranquille. A la porte, ils attendirent que Cathy fasse fonctionner la clef. Puis leurs yeux s'accoutumèrent à la pénombre, et ils s'aperçurent que leur maison était immense, et étrangement vide. C'était l'heure du dîner, mais dans la cuisine, personne ne bougeait. Cathy comprit soudain qu'il n'y aurait pas ce soir d'odeur d'oignons, et que personne ne mangerait le plat de haricots qui se trouvait dans le réfrigérateur. Sean augmenta la puissance de son appareil acoustique. Au-dehors, il y avait bien le fracas des vagues, mais il n'entendit aucun bruit de pas, et dans la chambre de la bonne, la radio ne jouait pas de musique mexicaine.

Patrick gratta une croûte sur sa jambe, et du sable sec coula sur la moquette. Il s'attendait presque à voir Avocados froncer le sourcil, et montrer successivement du doigt ses pieds et la douche, dehors. Cary sentit que quelque chose lui manquait : s'il touchait à la boîte de biscuits, les clochettes tinteraient, mais elles ne feraient venir personne. Marti vint tout près de Cathy, entoura de ses bras la taille de sa sœur, et cacha son visage dans la douceur du tricot.

Cathy glissa la clef dans la serrure, tourna la poignée, et poussa les battants de la porte à claire-voie. La clarté indécise des derniers rayons du soleil filtrait à travers la baie vitrée qui donnait sur la plage, déversant une lumière chaude et agréable dans le salon de T.V. Le poisson, au-dessus de la cheminée, paraissait presque vivant. Au-dessous de lui, sur le manteau de la cheminée, l'Oscar jetait de grands éclats de lumière cuivrée. Le regard de dizaines de Paula et de Marty jaillissait des photographies encadrées de noir, mais, dans la demi-obscurité, leurs sourires éclatants ne rencontrèrent que grises mines.

Avec un ensemble parfait, les enfants prirent leur place habituelle en demi-cercle. Marti et Patrick s'assirent par terre devant le canapé, face à l'écran. Sean s'accroupit sur la moquette, et régla le contrôle de son appareil acoustique en prévision du bruit réconfortant qu'il n'allait pas tarder à entendre. Cary se blottit dans un angle du sofa géant. Cathy, les bras reposant sur les accoudoirs, le dos droit, était calée dans le fauteuil. Nul ne parlait. Nul n'en éprouvait le besoin. Les quatre enfants s'en remettaient à Cathy. Voyant que ses frères et sa sœur lui abandonnaient entièrement le droit de décider du programme, la mince fillette quitta son fauteuil, et enclencha la commande de la télévision. Instantanément, le tube s'échauffa et revint à la vie; l'image, s'étirant en travers de l'écran, prit forme.

Tel le grand-prêtre d'une antique religion, le plus habile vendeur de voitures d'occasion de toute la Californie du Sud donnait du poing dans la capote d'un cabriolet familial à quatre portes, marque : Ford, année : 1964, prix : 888 dollars, digne de toute confiance. Son discours était tellement irrésistible, ses gestes et le ton de sa voix tellement engageants, que les enfants le regardaient, médusés.

La promesse de garantie et de quatre pneus neufs s'effaça, et fut remplacée par l'invasion d'invisibles créatures de l'espace, dont le héros de l'histoire était seul à connaître l'existence. Cet homme solitaire engageait une lutte sans merci, pendant que les autorités, des vieillards incrédu-

les, laissaient passer la chance de sauver le monde.

Marti fut la seule à ne pas demeurer tranquille. La poursuite d'un ennemi invisible soulevait des dilemmes subtils qui n'éveillaient aucun intérêt chez l'enfant. Elle avait un problème plus immédiat.

« J'veux dîner », gémit-elle.

Personne, à part Cary, ne prêta la moindre attention au problème de Marti. Cary abandonna la télévision, prit la main de la petite, et la conduisit au réfrigérateur géant, dans la cuisine.

Cary se tenait dans la lumière de la porte ouverte. Marti, incapable de déloger le gros garçon, s'en alla examiner les placards de la cuisine. Elle ouvrit un tiroir à proximité du sol, et plaça dessus la planche à pain qui était à sa portée. A l'aide de cet échafaudage, elle atteignit le dessus de la tablette en matière plastique. Depuis ce perchoir, il était facile de parvenir aux étagères du placard. Une boîte de biscuits secs bascula, alors qu'elle tirait à elle le plus grand paquet de céréales qu'elle avait pu trouver. Serrant ce trésor, et bien d'autres, contre son tricot rouge, elle redescendit, et au milieu de la pièce, tira sur la chemisette de son frère :

« Du lait au chocolat! J'veux du lait au chocolat! Beaucoup! »

Les bras chargés de provisions, et tenant à la main un gobelet en carton rempli de chocolat glacé, Marti s'en retourna vers la télévision.

Pris d'une faim subite, Sean quitta le salon pour la cuisine, où Cary usait ses dents à ouvrir l'enveloppe de cellophane d'un paquet de saucisses trouvé dans le réfrigérateur. Sean bouscula Cary, et Patrick, accouru, s'empara de presque toutes les saucisses de Cary.

Les allées et venues des enfants entre le salon et la cuisine où l'on pouvait trouver à manger, n'en finissaient pas. Il y avait de la nourriture partout : par terre dans le hall, sur le canapé, sur la moquette; les visages des enfants, leurs mains, leurs vêtements, en étaient barbouillés. Le temps du générique du feuilleton avait suffi pour que la cuisine et le hall fussent jonchés de miettes, d'emballages, de boîtes vides, de gâteaux écrasés, de biscuits, et maculés de taches poisseuses.

Quand ils eurent le ventre plein, les petits Moss revinrent se coucher au pied du récepteur.

Le vaisseau spatial des Terriens, en route pour une nouvelle exploration scientifique, fonçait dans l'espace obscur. Ce soir, les habitants de la Terre découvraient une planète dont la civilisation était à l'image du banditisme de Chicago dans les années 20. Une heure durant, sans bouger un cil, les enfants virent cracher et rugir le canon du vaisseau spatial.

Ils éclatèrent de rire devant les hommes de l'espace en lutte contre les gangsters de Chicago, et les pistolets à rayons X qui affrontaient les canons du vaisseau spatial. La petite assemblée, dont chacun des membres avait vu la même émission six mois auparavant, prenait plaisir à se rappeler les scènes cruciales avant qu'elles apparaissent sur l'écran.

« Moi, je sais, dit Cary. Le capitaine du vaisseau spatial, il se sert de ses poings cette fois-ci. »

Marti, pour se rassurer, ajouta une observation réconfortante :

« Ça tue pas, leur arme spatiale. Ça fait seulement disparaître, zip! »

Un homme, frappé par un pistolet à rayons X, rougeoya, puis fondit comme la cire qui coule d'une bougie allumée.

Cathy pouffa de rire.

« Je voudrais bien en avoir un comme ça. Je ferais disparaître mon idiote d'école tout entière, classe après classe, zip! »

Cary, maintenant très absorbé par l'histoire, se mit à crier :

« Taisez-vous! Regardez! »

Alors que la bataille entre les explorateurs de l'espace et les gangsters croissait en violence, Marti fit un bond en l'air, et apporta ses encouragements au héros.

« Zip! Zip! Zip! » cria-t-elle, venant à l'aide du capitaine qui tenait le pistolet à rayons X.

Après l'émission de science-fiction, ils virent un vieux cow-boy et son petit-fils, qui se frayaient un chemin au milieu d'une demi-douzaine de tueurs de l'Ouest : cinq d'entre eux passèrent de vie à trépas, tandis que le seul et unique survivant se repentait avec de gros sanglots. Lorsque le vieillard et le gosse partirent à cheval vers les tueries de la semaine suivante, Marti, assise par terre, luttait contre le sommeil. Ses yeux se fermaient, puis s'efforçaient de demeurer ouverts, mais en vain. Cary la vit plonger en avant, et tendit le bras pour s'emparer de son paquet de chips. La petite se réveilla brusquement, lui arracha les chips, et se plaignit avec véhémence.

Quelques instants plus tard, cependant, le sommeil eut raison de Marti; Cary profita de l'occasion et lentement, avec précautions, il extirpa de ses doigts serrés le sac de papier. En silence, faisant de son mieux pour ne pas être remarqué par les autres, Cary engloutit les chips jusqu'à ce qu'il n'y ait plus rien au fond de la poche froissée.

Les chips lui avaient donné soif. Pour se désaltérer, il suffisait d'aller au réfrigérateur géant, à quelques pas de là. Cary résista un moment, puis il finit par quitter le canapé, et alla chercher un autre Coca à la cuisine. Il jeta un regard à l'intérieur du réfrigérateur brillamment éclairé, prit la boisson non alcoolisée et la déboucha.

Mais il n'eut pas le temps de la porter à ses lèvres.

Même un estomac capable de supporter des chapelets de saucisses froides, des gâteaux secs, de la pâtisserie, des flocons de maïs, du Coca-Cola mélangé à d'autres boissons effervescentes, se doit, à un certain moment, de n'être plus d'accord, et celui de Cary était maintenant en état de révolution. Une nausée brutale envahit le gros garçon, et, claquant la porte du réfrigérateur, il se précipita vers la salle de bain.

Alors qu'il était penché sur la cuvette des W.-C., tout ce qu'il avait emmagasiné l'après-midi refit surface. Puis les spasmes s'apaisèrent et, comme il essuyait sa bouche, un appel de Cathy couvrit le générique du film de onze heures et demie.

« Cary, grouille-toi! Le film d'épouvante! »

Cary tira la chasse, se jura de reprendre son régime, et vint se laisser tomber sur le canapé juste à temps pour le film d'épouvante qui terminait la soirée.

Alors que Marti dormait, son pouce dans la bouche, la speakerine surgit d'un cercueil enveloppé de brouillard. Perdu dans l'enchevêtrement d'une toile d'araignée, ce personnage fantomatique, maquillé comme le *Dracula* de Bela Lugosi, annonça des terreurs indescriptibles. Avec un accent transylvanien, elle avertit les petits Moss qu'ils allaient voir vampires et vaudous, sorcellerie et sadisme.

« Qu'est-ce que c'est, le sadisme ? » demanda Patrick.

Personne ne lui répondit. Les yeux des enfants s'ouvrirent tout grands lorsqu'ils virent une momie déambuler sur l'écran envahi de brouillard. Ils furent pris d'une frayeur muette, et se mirent à frissonner. Cathy abandonna son fauteuil, prit Marti dans ses bras, et se réfugia auprès de Cary sur le canapé. Sean retrouva une vieille habitude : sa main se porta à sa bouche, et il commença à mordiller l'ongle de son pouce. Tout le temps que dura le film, il rongea son ongle jusqu'au sang.

Cathy tordait une mèche de cheveux entre ses doigts; elle la porta à sa bouche, et se mit à la mâchonner.

Cary, de plus en plus tendu, laissa glisser ses deux mains entre ses cuisses et agrippa son fond de culotte.

Patrick quitta la moquette et vint se blottir sur le canapé entre Sean et Marti. Ni l'un ni l'autre ne se plaignirent qu'il leur tenait chaud.

Une fois la dernière image du vieux film évanouie, une fois les vampires bannis, le méchant savant tué d'un pieu piqué en plein cœur, et la jolie blonde saine et sauve dans les bras de son bel amoureux, les enfants bondirent du canapé.

Patrick arracha au fauteuil du bureau la peau de léopard mouchetée. Cary escalada le bureau pour décrocher un masque africain. Cathy s'empara d'un long javelot qui se trouvait dans un coin. Sean, pour ne pas être en reste, saisit la peau de zèbre, un tomahawk, et poussa un cri perçant. Ce cri éveilla Marti, qui se mit à pousser des hurlements proches de l'hystérie.

Entre deux cris, elle cachait ses yeux avec ses mains, et jetait autour d'elle des regards circonspects. Quand elle fut certaine, enfin, que les spectres qu'elle voyait devant elle étaient bien ses frères et sa sœur, elle se laissa glisser du canapé et se joignit à eux. En un instant, ses cris de peur se transformèrent en hurlements de joie sauvage, et elle entra dans le cercle de leur danse frénétique.

Les enfants se précipitèrent dans le hall, envahirent le living-room, où l'on entrait rarement, revinrent dans le hall, et escaladèrent l'escalier. Donnant la charge avec toute la sauvagerie et la violence d'une tribu primitive, ils pourchassaient des ennemis imaginaires à l'intérieur et à l'extérieur des chambres, dans l'escalier, à travers la cuisine et le hall, criant et faisant du bruit dans toutes les pièces, sauf dans la chambre de bonne. Devant la porte de celle-ci, ils s'arrêtèrent, brusquement silencieux, puis tournèrent les talons, et, défiant toutes les terreurs nocturnes, dévalèrent le couloir avec furie. Ils hurlèrent, brandirent sagaies et tomahawks, crièrent à travers les masques, jusqu'au moment où Cary tomba et où Patrick trébucha sur lui. La fatigue et un fou rire jusqu'aux larmes les calmèrent progressivement.

Finalement, revenus devant la télévision, ils se laissèrent tomber sur le canapé.

Dans la nuit, le chien d'une maison située plus haut sur la plage aboya.

Les cinq enfants, allongés, reprenaient leur souffle, et séchaient leurs larmes. Soudain, Cary eut un sursaut, et retomba assis; son cri étouffé fut beaucoup plus significatif que n'importe quelle parole. Il désigna du doigt la baie obscure du salon de T.V. Les autres suivirent la direction de son regard.

De l'autre côté du panneau vitré constellé d'embruns, le bref reflet d'un visage bougea dans la nuit sombre.

Un frisson glacé parcourut les cinq enfants. Nul ne dit mot. Quelqu'un les avait observés. Lentement, ils se regardèrent. Avaient-ils *vraiment* vu quelqu'un ? Patrick, qui voulait en avoir le cœur net, fut le premier debout. Les autres restèrent sur le canapé.

« Regardez! » chuchota Cathy d'une voix étouffée par la peur.

Elle étendit le bras.

Une ombre traversa le patio en courant, escalada le mur de la plage, et disparut dans la nuit.

Le chien aboyait.

Dans le salon le dialogue d'un homme et d'une femme qui, en vêtements d'un siècle passé, se juraient un amour mutuel, seul troublait le silence.

Le ressac gronda dans la nuit.

Patrick alla jusqu'à la baie, et appuya son visage contre la vitre.

« Y a personne, dehors. »

Sa voix était faible et sans conviction.

« Tu es sûr ? demanda Sean.

— Tu n'as qu'à regarder toi-même, poule mouillée. »

A l'exception de Marti qui s'était endormie, tous se levèrent et se joignirent au petit garçon. Marti s'éveilla, et à quatre pattes sur la moquette, vint se glisser entre les jambes des autres et scruter la nuit.

Puis Cathy tira les rideaux de la baie vitrée : les cinq enfants firent demi-tour et reprirent leur place sur le long canapé. Sean saisit la peau de zèbre et l'enroula autour de lui. Patrick respira plus calmement, et le sac de biscuits glissa de la main de Cary. Cathy, la seule à demeurer éveillée, clignait des yeux de fatigue.

Sur l'écran, se déroulait un film de guerre.

Un couteau pointu approcha d'elle. Elle ne sen-

tit rien, si ce n'est la chaleur de son propre sang qui coulait entre ses doigts.

Sa tête tomba en avant. Elle dormait. La télévision, seule, continuait à vivre.

V

PAR l'interstice des rideaux tirés, la lumière du jour laissa filtrer un rai brillant dans l'obscurité du salon.

L'œil fixe du poisson luisait dans son corps argenté. La galerie de photographies encadrées, la tête de jaguar toutes dents dehors, l'Oscar, sur le manteau de la cheminée, l'armoire à fusils, tout tremblotait dans la lumière de l'écran de télévision.

A l'intérieur du rectangle lumineux, un visage d'homme défilait à toute vitesse; l'image était balayée sans arrêt.

« SEAN MOSS! »

Le garçonnet au blue-jean déchiré se raidit comme s'il luttait contre un cauchemar. Il s'enfouit sous la peau de zèbre dans laquelle il s'était enroulé la veille.

« SEAN MOSS! »

Le gamin se retourna sous la peau rayée, et prit soudain conscience du contact froid et moite de la dépouille humide. Avec honte et répulsion à l'égard de lui-même, il sortit vivement de la peau de bête. Il en débarrassa le canapé, et la traîna derrière lui en direction de la baie. Ses frères et sœurs savaient-ils ce qu'il avait fait ?

Là, sur le canapé, il y avait Cathy et Cary, Patrick et Marti se partageaient la peau de léopard sur la moquette. Non, ils ne savaient pas qu'il avait mouillé sa place sur le canapé, et s'il pouvait en faire disparaître la preuve avant qu'ils s'éveillent, ils ne le sauraient jamais. Sean porta la main à son appareil acoustique, puis suivant de cette même main la trajectoire de la lumière du jour, il tira les rideaux pour mieux entendre la voix.

« SEAN MOSS! »

Sean, de ses poings, se frotta les yeux et essaya d'y voir clair. Qui pouvait bien l'appeler par son nom ?

Dehors, dans la claire matinée d'août, on pouvait voir, de l'autre côté du mur de briques du patio, un jeune homme bronzé, vêtu d'un tee-shirt d'une blancheur éblouissante. Le jeune homme chevauchait un tracteur jaune qui tournait au ralenti. Sean reconnut le conducteur : c'était l'étudiant embauché par les propriétaires de la Colonie pour passer le râteau chaque matin dans le beau sable blanc de Malibu. Le jeune homme, juché sur son tracteur, avait le bras posé sur un matelas de toile caoutchoutée d'un bleu un peu fané.

Le garçonnet fit glisser le panneau vitré, derrière les rideaux, et il sortit avec la peau de zèbre humide qu'il cacha derrière un fauteuil de plage. Il courut pieds nus sur les dalles froides, puis dans l'herbe, pour rejoindre, au mur du patio, le conducteur du tracteur.

« Il marche, ton appareil ? »

Sean fit signe que oui.

« Bon. Ouvre-le à fond. »

Sean ressentit le besoin urgent de se justifier.

« J'étais en train de dormir. C'est vrai. »

Le gamin préférait que le jeune homme, sur son tracteur, le crût paresseux plutôt que sourd. Sean ne parvenait jamais à savoir à l'avance ce que des gens aussi sportifs et aussi parfaitement conformés que les étudiants éprouvaient pour ceux qui étaient affligés d'une infirmité.

« Heureusement que votre nom était écrit sur ce matelas. »

Sean grimpa sur le mur bas, où il se tint debout.

« Vous avez de la veine que je me sois trouvé là quand il a été rejeté sur la plage.

— Merci bien », fit le garçon en tendant la main pour prendre le matelas. Mais l'autre ne fit pas un geste.

« Est-ce que tu as une idée de ce que ça coûte, un matelas comme celui-là ? »

Sean fit oui de la tête. C'était une chose que son père leur avait rappelée bien des fois.

« 31 dollars, dit-il.

— Personne ne le croirait, à la façon dont toi et les autres vous les laissez toujours traîner. »

Brusquement embarrassé, Sean mit les mains derrière son dos. Il avait dit merci. Pendant combien de temps l'étudiant allait-il, du haut de son tracteur, lui faire la morale sur le soin à apporter à ce qui lui appartenait ?

« Il faut faire attention à ses affaires. Je n'ai pas raison ? »

Sean acquiesça :

« Vous avez raison. »

Il ajouta :

« Vous avez tout à fait raison. A partir de maintenant, je ferai davantage attention. »

Du haut du tracteur, l'étudiant lui tendit le matelas, et se mit en devoir de passer une vitesse.

Sean savait que l'humilité et le respect faisaient partie du prix qu'il avait à payer jusqu'à ce que le tracteur et son bruit de baratte soient redescendus vers la plage. Grâce au Ciel, l'engin était déjà en train de ronfler. Il attendit. Pourquoi le tracteur ne démarrait-il pas ? Sean leva les yeux vers le conducteur, dont la main était posée sur le levier de vitesse, et s'aperçut que le jeune homme bronzé était en train de regarder les quatre autres petits Moss qui sortaient à la queue leu leu dans le patio.

Étrange spectacle pour Malibu que ces quatre garçons et filles mal réveillés qui se rassemblaient aux pieds de Sean debout sur le mur : une bande d'enfants dépeignés, avec des vêtements de plage souillés et tachés, des cheveux ébouriffés, en désordre, des visages barbouillés, maculés de nourriture, encore bouffis de sommeil. L'un après l'autre, ils grimpèrent sur le mur. Cathy ôta ses longs cheveux de son visage.

« Est-ce qu'elle a le droit de faire ça? demanda le râteleur.

— Faire quoi? »

Sean se retourna : Marti, à côté de lui, plongeait le poing dans un pot de beurre de cacahuètes.

« Oui, bien sûr, répondit Cathy.

— Où est votre bonne? »

Cathy répondit tout net :

« A la maison. »

De la main, Sean essaya d'aplatir ses cheveux blonds et frisés. Cathy tira sur le bas de son tricot, et le mot DIRECTOR reprit sa place.

Le conducteur coupa le contact et regarda Marti.

« Et elle ne va pas être malade, si elle mange tout ça? »

Marti, qui se barbouillait le visage de beurre, ne semblait pas du tout malheureuse : elle avait apparemment les plus grandes chances de survivre au beurre de cacahuètes. Toutefois, lorsqu'elle s'aperçut que tous les regards étaient fixés sur elle, elle trahit sa surprise en laissant échapper le pot qui alla s'écraser à ses pieds sur le mur du patio.

« Allez chercher la bonne », dit le conducteur.

Pris de panique, Sean se demanda si l'un de ses frères et sœurs oserait répondre.

« Chut! »

C'était Cathy qui incitait le conducteur à baisser la voix.

« Ce matin, on la laisse dormir. »

Sean, Patrick et Cary, pleins d'admiration, éprouvèrent une envie folle de se tourner vers leur sœur, mais, debout sur le mur, ils n'en conservèrent pas moins leur regard fixé droit devant eux.

Cathy reprit :

« Vous en faites pas, m'sieur. On va ramasser les morceaux de verre et le beurre...

— Les morceaux de verre sur la plage, c'est dangereux.

— Oh! oui, m'sieur, approuva Cary. On le sait bien.

— Et je veux qu'on enlève ce verre de là tout de suite. Allez chercher votre bonne.

— Elle ne parle qu'espagnol, dit Patrick.

— *Esta bien*, répliqua le conducteur. Allez la chercher.

— Il faut qu'elle dorme, c'est vrai. »

Sans une ombre d'émotion, Cathy avait repris la parole.

« Elle a veillé très tard la nuit dernière. Cary, que vous voyez ici, était malade.

— Oui. J'ai beaucoup vomi », ajouta le gros garçon avec empressement.

Le conducteur observa les cinq enfants alignés sur le mur. En bas de la plage, les vagues claquaient paresseusement sur le rivage. Un colley[1] aboya au loin. Le conducteur mit son moteur en route, pendant que Sean, ses frères et Cathy retenaient leur souffle.

« Ramassez bien tous ces morceaux de verre, les enfants! »

Le râteleur ajusta ses lunettes de soleil, passa la première et le tracteur s'ébranla.

Pendant un long moment, les cinq enfants demeurèrent côte à côte.

« On l'a eu », dit Sean.

Patrick, débordant d'admiration, donna à sa sœur une bourrade amicale.

« Tu as été formidable!

— Ça suffit! »

1. Race de chiens aux poils très longs que le cinéma a rendu célèbre avec *Fidèle Lassie*.

Cathy sauta dans le patio, et dit avec rudesse :

« Faites ce qu'il a dit. Nettoyez tout. Sean, c'est toi le responsable!

— Pourquoi moi?

— Parce que, s'il n'y avait pas eu ton crétin de matelas, il n'aurait pas commencé par s'arrêter ici. Nettoyez tout!

— Ça va, dit Patrick. Je vais l'aider.

— C'est ça, jeta Cary, aide ton imbécile de frère! »

Cathy aida Marti à descendre du mur, et l'entraîna à travers le patio.

« Au travail, tous les trois! »

Avec une pelle de plage, les trois garçons ramassèrent le beurre foncé et collant, et les morceaux de verre cassé. Patrick emporta les débris, et les déversa dans le foyer du barbecue de briques.

Cathy se montra satisfaite.

« Maintenant, tout le monde dedans! »

Patrick protesta :

« Non, pas question!

— Vas-tu la boucler, et faire ce que je te dis? »

Avec autant de promptitude qu'il l'avait admirée, Patrick se mit à détester sa sœur; puis il soupesa les chances de réussite qu'il pouvait avoir s'il n'obéissait pas. Il resta sur ses positions sans faire un mouvement, mais il y avait quelque chose dans la voix de la fillette, dans l'aplomb avec lequel elle avait menti au râteleur — qui était un grand et allait au collège —, dans la manière décidée dont elle tirait une fois de plus sur son tricot marqué du mot DIRECTOR, qui le décida à la suivre en direction de la maison.

Cathy fit couler la douche du patio.

« Nettoyez tout ce sable, ordonna-t-elle. Qu'il n'en reste plus un seul grain!

— On n'est même pas allés à la plage, se plaignit Cary.

— Lavez-vous tout de même. Je voudrais que tu te voies, Grosse Larve. Tu es plein de Coca séché sur tes sales grosses jambes. »

Pendant que les autres suivaient Cathy dans le salon, Sean resta à la traîne dans le patio. Il sortit promptement la peau de zèbre froissée, et l'étala sur un fauteuil. Il déroula un tuyau d'arrosage en plastique, régla la lance à pleine puissance, et arrosa la fourrure jusqu'à ce que de petits ruisseaux se mettent à couler, à travers les poils, sur les dalles.

« C'est maintenant qu'il est vraiment en train de mouiller son lit! »

C'était la voix de Cathy. Les autres ricanaient dans l'embrasure de la porte.

« Peut-être qu'il ne nous a pas entendus », dit Cary.

Sean fit volte-face, armé du tuyau d'arrosage.

« Vous savez, ajouta Cary, on devrait prélever

un échantillon et l'envoyer, lui et son problème, chez un psychiatre.

— Ou bien... », commença Cathy, mais elle s'interrompit. Visiblement Sean se demandait s'il allait arroser ses accusateurs ou les ignorer dans l'espoir de les voir s'en aller. Cathy se dirigea vers l'endroit où était branché le tuyau, et coupa l'eau. « Si tu promets de ne pas mouiller le canapé, mon garçon, je t'autorise à entrer. »

Avec un sourire de triomphe, la fillette se tourna vers Cary qui se tordait de rire.

Le salon paraissait bien sombre après le brillant soleil matinal. Cathy alla vers l'image sautillante de la télévision et, manipulant les boutons pour faire cesser le défilement de l'image, fit apparaître avec netteté un jeune homme installé derrière un bureau. La fillette ferma le son, et la voix se tut au milieu d'une phrase.

Marti beugla une protestation :

« J'écoutais, moi!

— Il n'y a rien, à cette heure-ci. Tiens-toi tranquille! »

Patrick marcha à grandes enjambées vers l'écran. Cathy lui barra le passage. Ses yeux gris se rivèrent assez longtemps à ceux de son frère pour qu'une fois encore, il choisisse de ne pas contester sa décision.

Marti serra les poings, et lança les plus perçants de ses cris. Ses frères se montrèrent insensibles à sa mauvaise humeur, et elle ne trouva aucun allié pour l'aider à rétablir la voix du journaliste.

Cathy tira sur son tricot, et attendit que le silence se fasse.

« Vous savez ce que ça prouve, tout ça ? »

Les garçons attendirent, car ils savaient que leur sœur avait l'intention de répondre elle-même à la question qu'elle avait posée.

« Ça prouve que personne ne doit savoir ce qui lui est arrivé! »

Cary plongea sa grosse main dans une poche de cellophane, à la recherche d'un nouveau biscuit fourré au chocolat.

« Pose ça, et écoute-moi! cria Cathy.

— Je meurs de faim! »

Cathy toisa le garçonnet, en silence, puis elle tourna son regard vers Sean et vers Patrick. Ces deux-là écoutaient. Elle retourna à Cary.

« On va déjeuner dans une minute. »

Elle marqua un temps, retenant l'attention des quatre autres, et soulignant l'importance de ce qu'elle allait dire.

« J'ai le regret de te l'apprendre, Cary, mais dès qu'ils vont s'apercevoir qu'il n'y a personne pour s'occuper de nous, ils vont t'envoyer, et moi avec toi, à l'appartement de papa à New York. »

Cary, les coins de la bouche barbouillés de chocolat, s'arrêta de manger.

Cathy se tourna vers Sean.

« Je pense que je n'ai pas besoin de te dire où ils vont vous envoyer Patrick et toi. »

Nul dans la pièce obscure ne mit en doute l'existence des tout-puissants « ils » de Cathy. « Ils » étaient partout : autour de la maison, dehors sur la plage, sur la grand-route qui passait devant la colonie de Malibu.

« S'ils découvrent qu'on est tout seuls, sans *baby-sitter*, ils vont vous renvoyer, Patrick et toi, chez votre mère. »

Sean alla vers la baie vitrée et, par l'interstice des rideaux, contempla la plage où il avait fait le projet de bâtir son château de sable.

Patrick dit : « Sean et moi, on ne quittera jamais cette plage!

— On ne te demandera pas ton avis, dit Cathy. Sean, dis-le-lui. »

Sean, debout à côté des rideaux, mit un certain temps à répondre.

« Elle a raison. Si jamais ils découvrent ce qui est arrivé, il faudra tous s'en aller. »

La petite Marti, dont les pleurs et les reniflements se transformaient en sanglots, gratta son visage sale avec des doigts encore plus sales.

« Ils ne peuvent pas nous forcer! déclara Patrick.

— Ne sois pas stupide! »

Cathy martelait les mots.

« On se tue à te le répéter : il le faudra.

— Vous savez... commença Cary.

— Quoi ? firent les trois autres en même temps.

— On ne nous forcera pas à nous en aller, si on a une autre bonne. »

Cathy soupira d'un air dégoûté, et adressa à son frère sa grimace la plus ennuyée.

« Dis un peu comment tu proposes d'en trouver une.

— Il n'y a qu'à faire venir une autre Avocados de Mexico », dit Patrick.

C'était la première fois que quelqu'un prononçait le nom de la femme depuis qu'ils l'avaient abandonnée à la mer. D'une façon qu'il ne pouvait définir, Cary sentit soudain que le monde entier était déjà au courant de ce qu'ils avaient fait; il donna un tour à la poche de biscuits et la ferma.

« On ne peut pas avoir une autre bonne mexicaine, dit Cathy. Elle n'était pas en règle. Elle n'était même pas censée se trouver dans ce pays. Si on fait appel aux gens qui l'ont envoyée, ils vont demander ce qui lui est arrivé.

— Il n'y a qu'à faire appel à quelqu'un d'autre, jeta Patrick.

— Les enfants, ça ne peut pas engager de bonne, imbécile!

— Bon. Bon. Puisque tu es si forte, qu'est-ce qu'on fait ? »

Sean et Cary, imitant Patrick, regardèrent leur sœur. Si la fillette manquait d'idées, elle n'en montra rien. De la main, elle aplatit sur son tricot le mot DIRECTOR, et dit lentement :

« Si vous étiez tous assez aimables pour la boucler un instant, je pourrais vous le dire.

— Vraiment ? »

C'était Patrick qui, à l'aide de ce seul mot, osait contester.

« On fait comme si elle était encore là », dit la fillette.

Incrédulité de Patrick :

« Jusqu'à ce que papa et Paula reviennent ? C'est complètement idiot.

— Toi, arrête de répéter que tout ce que je dis est idiot! »

Cathy était rouge de colère.

Patrick jeta un regard rapide à ses deux frères. Ce regard confirma ses craintes. Il ne pouvait espérer aucune aide de leur part. Sean et Cary attendaient toujours les explications de Cathy, mais Patrick n'était pas disposé à rendre les armes aussi facilement.

« Et qu'est-ce qu'on va dire à papa et à Paula quand ils rentreront ? »

Cathy répondit, d'une voix grave qui était soudain celle d'une adulte :

« On leur dira qu'elle a pris congé. Qu'elle est partie. Voilà tout.

— C'est ce qu'a fait la bonne des Gordon », ajouta Cary, apportant une preuve qui étayait la logique de sa sœur. Si cette preuve paraissait insuffisante, Patrick lui-même ne se sentait pas le courage de continuer la lutte contre sa sœur aînée. Elle parlait avec l'assurance de quelqu'un qui a examiné toutes les conséquences possibles, qui a pesé toutes les alternatives, et qui détient toutes les solutions.

Dans la pièce obscure qu'éclairaient seulement le rai de lumière entre les rideaux et la lueur de la télévision, Cathy avait prédit ce qu'« ils » feraient si le secret était découvert, eux qui, même si on ne les nommait pas, étaient tout-puissants.

« S'ils le découvrent *maintenant*, alors c'est nous tous qui allons devoir partir. Pour de bon. Plus de plage. Et avec ma garce de mère à New York, pratiquement plus de télé du tout. »

Aucun des garçons ne dit mot.

Marti sanglotait, et, agrippée à son fond de culotte, se tordait de douleur.

« Ce n'est pas à cause de ce que tu as dit, remarqua Sean. Elle a besoin d'aller au petit coin.

— Qui l'en empêche? » répliqua Cathy. Elle se tourna vers la petite : « N'en fais pas toute une histoire, espèce de cruche! Tu n'as qu'à y aller, voilà tout! »

Les épaules de Marti furent secouées de sanglots. Elle fit non de la tête. Cathy empoigna la main de la petite, et l'entraîna hors de la pièce.

A travers le hall, on entendit le bruit de la chasse d'eau.

Provenant à la fois de la cuisine et du bureau, la sonnerie du téléphone coupa court aux chamailleries des enfants. Personne ne bougea jusqu'à la cinquième sonnerie.

Sean fut le premier à faire un mouvement vers le téléphone, mais Cathy, abandonnant Marti à la porte du hall et la laissant se débrouiller toute seule pour essuyer son derrière, prit les devants et s'empara du récepteur. Elle éprouva un brusque soulagement quand elle reconnut la voix familière de la secrétaire de l'impresario de son père.

« Allô, les enfants!

— Oui, Miss Nevins. »

Le ton chaleureux de la dynamique Anglaise passait à travers le récepteur avec assez de netteté pour que les trois enfants entendent sa voix précise demander des nouvelles de leur santé, et comment ça marchait à la plage.

Cathy, devenue très mondaine, raconta que l'été était superbe et qu'ils étaient en train de bien s'amuser.

« Essuie-moi! » hurla Marti.

Cathy mit sa main devant le récepteur.

« Sean! Aide-la! »

Soudain, la fillette, au téléphone, se raidit : Miss Nevins demandait à parler à Avocados. Cathy, la main toujours posée sur le récepteur, tourna son regard vers les autres qui n'étaient pas capables d'autre chose que de la regarder d'un air hébété. Cathy, lentement, retira sa main du récepteur.

« Oh! Cette fichue Avocados, elle est encore sous la douche! Elle est toujours en train d'essayer quelque chose pour la couleur de ses cheveux. C'est vrai, Miss Nevins, elle se fait une teinture. Je vais vous rappeler, et je vous la passerai, d'accord? »

VI

« SUPPOSEZ, je dis seulement : supposez, que quelqu'un découvre qu'elle n'est plus là. »

C'était Patrick qui avait parlé le premier.

« Ou qu'on est ici tout seuls, ajouta Cary en remontant ses lunettes sur son nez. Qu'est-ce que vous en dites ? »

Cathy n'éprouva aucun besoin de se justifier, et répondit avec une tranquillité parfaite : « Personne ne dira rien à personne. »

Elle lissa ses cheveux, tira sur son tricot, éplucha un petit morceau de peau sur son bras, et l'examina.

« Ils ne découvriront rien du tout.

— Comment le sais-tu ? interrogea Patrick.

— Parce que nous allons jurer sur la Bible, Patrick Moss, exactement comme dans cette émission sur les soldats en Amérique du Sud. »

Les trois frères se rappelèrent le groupe de révolutionnaires, dans un film, et leur serment d'une solennité exceptionnelle.

« Seulement pour ça, dit Sean, il faut avoir une Bible.

— On n'en a pas, dit Cary d'un ton péremptoire.

— Qu'est-ce que t'en sais ? demanda Cathy.

— Si vous ne me croyez pas, répliqua l'autre, vous n'avez qu'à chercher.

— Il a raison, reconnut Patrick.

— Elle avait une Bible, elle », dit Sean.

Le regard de Cathy et des autres se porta vers lui.

« Dans sa chambre. Un jour, la porte était ouverte, et je l'ai vue en train de prier. Elle avait une croix, et tout.

— Va la chercher », ordonna Cathy.

Sean ne broncha pas.

« Va la chercher, répéta sa sœur. Grouille! »

Cathy abandonna le ton de commandement.

« Je t'en prie! On en a besoin, *vraiment* besoin.

— Tu viens avec moi ? »

Cathy jeta un regard aux trois autres. Elle acquiesça.

« Vous autres, vous attendez ici. Cary, empêche Marti de toucher à la télé. »

Le frère et la sœur, debout dans l'embrasure de la porte, regardèrent le dessus de lit de satin rose, la coiffeuse avec son essaim de rouleaux pour mise en plis, et ses gros flacons de parfum bon marché. Au-dessus de la coiffeuse, collée sur un côté du petit miroir, on voyait la photo racornie d'un père, d'une mère et de cinq frères et sœurs. Sur le plancher, à côté de la coiffeuse, il y avait une pile de magazines de cinéma mexicains. Contre le mur, en pénitence, se trouvait le récepteur de télévision portatif.

Les regards de Sean et de Cathy se rencontrèrent. Ils semblèrent sans rien dire se demander l'un à l'autre si la Mexicaine n'était pas présente à leur côté.

Ce fut Cathy qui rompit le silence.

« Où est la Bible ? »

Sean parcourut la pièce des yeux. Une croix retenait contre le mur un brin de rameau séché. Sur une table, de l'autre côté du lit, brillaient, sous un abat-jour à fronces, les grains de verroterie d'un chapelet. Sean passa à plat ventre sur le dessus de lit rose et lustré, et ouvrit le tiroir de la table de nuit.

Cathy fut quelque peu rassurée lorsqu'elle vit son frère extraire de la table de nuit un livre noir. Elle le regarda feuilleter le livre.

« C'est tout en espagnol, dit-il.

— Ça fera l'affaire. »

Sean, le livre à la main, approuva, et revenant en arrière, sentit de nouveau le contact du satin contre ses jambes nues. Il tendit la Bible à sa sœur, mais soudain tous deux furent glacés. Les clochettes de cuivre carillonnaient à la porte d'entrée.

Ils n'osaient plus respirer.

Les clochettes tintèrent une seconde fois.

Ils coururent vers l'entrée, et trouvèrent les trois autres debout derrière la porte.

Cathy chuchota fiévreusement :

« N'ouvrez pas!

— On n'est pas idiots à ce point! jeta Patrick.

— Alors, ne parle pas si fort, imbécile! » ordonna la fillette.

Sans bruit, elle enjamba les vieux papiers, les emballages, un pot de confiture de framboise renversé, et parvint à la porte. Elle fit signe à ses frères et à sa petite sœur de garder un silence absolu, puis s'éclaircit la voix :

« Qui est là?

— C'est moi », répondit une voix de fillette.

Cary chuchota à Cathy :

« Laisse entrer personne!

— Marlice?

— C'est ta copine, dit Patrick avec dégoût.

— Dis-lui de s'en aller », conseilla Sean.

Le silence de Cathy trahissait son indécision.

La voix reprit, de l'autre côté de la porte :

« Cathy? »

Les cinq enfants, dans le hall, furent stupéfaits de voir la porte s'ouvrir brusquement : un colley marron et blanc entra en remuant la queue. Le chien, tout heureux, se mit à lécher la figure de Marti; la petite, effrayée, eut un mouvement de recul, puis tendit les bras et serra contre elle l'épaisse fourrure de l'animal. Les enfants s'aperçurent alors qu'ils n'avaient pas fermé la porte à clef : elle était restée ouverte toute la nuit.

Le colley abandonna Marti pour promener son long museau aristocratique parmi les détritus et les papiers qui jonchaient le sol, et se mit à renifler les taches de sucre poisseuses.

Sous le porche se tenait une fillette de onze ans vêtue d'un bermuda bleu-pâle et d'un tee-shirt de la même couleur. Plus grande que Cathy d'une tête, elle dominait de loin les quatre autres petits Moss. Elle tripotait sur sa poitrine étroite un collier indien bleu et blanc.

« 'Jour.

— 'Jour », répondit Cathy sans enthousiasme. La fillette ne fut pas du tout découragée par le peu de chaleur que lui montrait son amie.

« Je suis rentrée de l'Oregon hier soir.

— On n'entre pas! » Patrick fut tout étonné de s'entendre crier. Il appela sa sœur à la rescousse pour justifier sa conduite.

« Vas-y, Cathy. Dis-lui qu'on n'entre pas.

— Coccinelle! »

La fillette appela sa chienne.

« Coccinelle! Vilaine! »

La chienne lui donnait le droit, au nom de la discipline, de forcer la porte, et elle empoigna le collier en matière plastique de la vagabonde. Les enfants ne quittaient pas la fillette des yeux. Ils virent que son attention était attirée par le désordre qui régnait à ses pieds. Elle jeta un long regard désapprobateur d'abord sur le sol, puis sur la petite sœur de Cathy barbouillée de beurre de cacahuètes, puis sur ses frères, et pour finir, sur Cathy elle-même.

« Où est Avocados ?

— Elle dort, répondit Cary, un peu trop vite.

— Marlice, je... » commença Cathy, mais elle s'arrêta aussitôt, cachant la Bible derrière son dos.

La petite voisine sortit un inhalateur de sa poche, et prit une longue inspiration tout en promenant un nouveau regard, plus appuyé, sur les détritus et sur les enfants mal peignés.

« Comment se fait-il qu'elle dorme encore, à cette heure-ci ? »

Personne ne répondit. Marti suivait Coccinelle.

« Elle est malade ? »

Les trois garçons et Marti, qui cessa de poursuivre Coccinelle, fixèrent l'intruse du regard et attendirent que Cathy dise quelque chose.

« C'est une menteuse. Elle veut vous faire croire qu'elle est malade. »

Cathy approuva de la tête.

« Elle est enceinte », dit Marlice.

Cathy faisait des appels dans son dos avec la Bible, et elle sentit finalement que Sean l'en débarrassait. Marlice avait pris un ton sentencieux, très grande personne.

« Les Mexicaines sont toujours enceintes. »

Les frères de Cathy observèrent celle-ci attentivement : allait-elle garder son sang-froid? La fillette finit par trouver une explication :

« Elle est restée debout toute la nuit. Pour s'occuper de Cary. Il a rendu.

— Mais je vais très bien maintenant », dit Cary.

Marlice fit passer l'extrémité de l'inhalateur dans l'autre narine, puis le retira, et son nez se plissa de dégoût.

« Ça sent mauvais ici. Vous devriez lui dire de nettoyer.

— C'est ce que j'allais faire, dit Cathy.

— Obligez-la à faire son travail. Ces Mexicaines ne fichent rien de toute la journée, et elles passent leur temps à mentir. Coccinelle! Vilain chien! Veux-tu sortir de là tout de suite! »

Marlice se précipita vers le salon de T.V.

D'un bond, Patrick s'interposa entre la voisine et la porte à claire-voie de la pièce encore obscure.

« Cathy ne peut pas jouer avec toi ce matin. »

Marlice ignora le garçon, et s'adressa directement à son amie.

« Viens, Cathy! On va regarder le film de ce

matin. Là-bas, dans l'Oregon, il n'y a pas une seule bonne émission. »

Les garçons regardèrent leur sœur. Sa conduite était bizarre : elle montrait presque de la timidité à l'égard de l'autre fillette. Contrairement à l'attitude qu'elle avait envers Marti et envers eux, chacun de ses gestes trahissait l'incertitude, l'absence de cette autorité qu'ils en étaient venus à attendre d'elle.

Près de la porte à claire-voie, ignorant toujours Patrick, Marlice insistait :

« Tu viens? C'est un film de John Payne.

— Non. »

C'était Sean qui venait de parler.

« Débranche ton sale appareil, Sean, ou contente-toi de la fermer! »

L'insulte de Marlice s'accompagnait d'une expression revêche. Elle se détourna de Sean, et posa sur Cathy un regard plein d'assurance. Elle attendait de Cathy qu'elle affirme ses droits de sœur aînée, et, par extension, ses propres droits de voisine, de grande amie des vacances, et d'invitée de la maison Moss.

« Et toi, fais sortir ton sale cabot! dit Patrick.

— Cathy — la voix de Cary avait une solennité inhabituelle — dis-lui de rentrer chez elle!

— Dis à Grosse Larve que c'est de toi que je suis l'amie, répliqua froidement Marlice, pas de lui. »

Cathy ne répondit rien.

« Viens ici, Coccinelle », dit Marlice. Elle observa les trois garçons du coin de l'œil. Elle ne pouvait résister plus longtemps à la coalition qui s'était formée contre elle. La victoire avait basculé dans l'autre camp.

« Va-t'en! cria Cary.

— Laisse mon chien tranquille! »

Personne ne bougeait. Marlice observa les trois garçons, puis elle jeta un coup d'œil à Cathy, cherchant à deviner de quel côté elle était. Elle venait rendre visite à sa meilleure amie, et voilà que celle-ci permettait à ses frères de lui donner des ordres. Marlice, déconcertée, ne trouvait plus rien à dire. Elle attendait que Cathy impose sa volonté à ses frères comme elle le lui avait vu faire si aisément tant de fois.

« Qu'est-ce qu'il y a ? Tu n'as pas compris ? » grogna Patrick. Il tirait Coccinelle par son collier vers la porte.

Marti se plaignit amèrement : son frère n'avait pas le droit de toucher à *son* chien.

Les trois garçons, qui faisaient maintenant cause commune, prirent conscience de leur autorité toute neuve. Cary menaça :

« Tu ferais mieux de déguerpir avant qu'on ait compté jusqu'à trois!

— Sinon ? demanda Marlice.

— Sinon.

— Sinon quoi ? »

Les mots sifflaient dans la bouche de la fillette.

« Sinon, tu vas voir », cria le garçon.

Coccinelle et Marti battirent en retraite devant cet échange de menaces. Le colley laissa la petite tirer sur son oreille duveteuse. Elle le remercia de cette marque d'affection par un baiser mouillé.

Sean commença à compter :

« Un!... »

Marlice, pour bien montrer qu'elle n'avait pas peur, rejeta en arrière ses longs cheveux blonds avec exactement le même geste que Cathy lorsqu'elle renvoyait sur les épaules ses longues mèches toutes raides.

« Deux!... dit Cary.

— Deux... Deux... Deux... » Avec l'ongle de son petit doigt, Marlice extirpa un reste de son déjeuner de l'appareil qui recouvrait ses dents.

Patrick lança le dernier chiffre.

« Trois!... Cary, attrape-la! »

Patrick détacha le collier de Coccinelle, qui bondit, libérée. Marti recula. La chienne, sensible à l'atmosphère chargée d'électricité, se mit à aboyer.

Cary essaya de saisir le bras de Marlice, mais il ne l'eut pas sitôt touchée que la grande fille, d'une torsion du poignet, se libéra.

« Ça suffit! cria-t-elle.

— Tiens-la! » hurla Patrick.

Sean, laissant tomber le livre noir, bondit au

secours de son frère, et l'aida à maintenir les bras minces de la fillette qui, sous l'effet de la surprise, perdit le souffle.

« Arrêtez! » cria-t-elle.

La voix de Patrick couvrit les aboiements du chien.

« Cary! Sean! Tenez-la bien! »

Marlice se débattait contre les deux garçons lorsque Patrick vint à la rescousse, le collier anti-puces à la main.

« Cathy! »

La voix de Marlice tremblait de peur; elle se tordait et se contorsionnait, mais ne parvenait pas à repousser les deux garçons.

« Tenez-la! » cria Patrick, et il boucla le collier autour du cou de la fillette.

Tandis que Coccinelle glapissait, les six enfants firent silence. Sean et Cary s'écartèrent de Marlice qui éclata en sanglots. Après un dernier regard pour Cathy, la fillette, le collier anti-puces autour du cou, se précipita vers la porte. Avec un cri plaintif, Coccinelle bondit derrière elle.

« Et qu'on ne te revoie plus! cria Cary.

— Ferme la porte à clef », dit Patrick.

Cathy ramassa la Bible sur le sol, et gagna le salon. Marti, qui trottinait sur les talons de sa sœur, la vit placer avec soin le livre sacré sur le haut du récepteur. Sean, Patrick et Cary demeurèrent un long moment dans le hall, puis ils firent demi-tour et, à travers les ordures qui jonchaient le sol, rejoignirent Cathy.

Sans un mot, les cinq enfants prirent place devant l'écran scintillant et muet. Cathy et ses frères étendirent le bras droit avec solennité au-dessus de la Bible, exactement comme ils l'avaient vu faire à la télévision. Cathy la première prononça le serment, le vœu éternel : ils ne révéleraient jamais à quiconque ce qui était arrivé à leur bonne. Sean prit Marti sur son bras gauche, et sa petite main se joignit aux autres.

VII

UN autobus scolaire, peint en jaune, bourré de gosses qui agitaient leurs bras bronzés par les fenêtres ouvertes, vira dans la route privée de la colonie, et vint accoster à l'arrêt qui se trouvait devant la porte des Moss. Le chauffeur, un grand garçon maigre, coiffé d'un feutre Stetson trop grand, fit retentir son klaxon.

A l'intérieur de la villa, dans le salon obscur, les cinq petits Moss venaient d'achever la petite cérémonie devant l'écran lumineux mais muet.

« Le bus du camp! s'écria Patrick.

— Je l'avais complètement oublié », dit Cary.

Cathy, telle une prêtresse qui accomplit un rite, prit la Bible sur la télévision et la serra contre elle. Sean posa Marti sur la moquette. Cary, dont les yeux, sans lunettes, paraissaient vulnérables et comme nus, nettoyait ses verres avec le pan de sa chemisette et clignait des yeux.

« Venez, Sean, Cary! On est déjà en retard! »

Patrick était en route vers la porte.

« Sean! Arrête-le! » dit Cathy. Il y eut quelque chose dans sa voix qui brisa l'élan de Patrick. La fillette, tenant toujours la Bible d'une main, rouvrit de l'autre le son de la télévision. Une musique de chevauchée envahit la pièce, et la fillette ne prit pas la peine de tourner la tête vers ses frères.

Les animaux d'un dessin animé galopaient à travers un paysage qui se répétait.

« Plus de camp! » dit-elle.

Patrick fut figé sur place. Cary, soufflant sur ses verres et grattant avec l'ongle une petite tache sur l'un d'eux, se tenait dans la lumière de l'écran. Les trois garçons attendaient une explication de leur sœur.

« Il faut qu'on reste tous ensemble. »

C'était à chacun de ses frères que s'adressait Cathy, même si elle ne les regardait pas, même si elle ne quittait pas des yeux la télévision.

« Comme ça, on sera vraiment sûrs que personne ne parlera. »

Patrick eut un regard incrédule, d'abord pour Cathy, puis pour ses frères. Était-il imaginable que Sean accepte véritablement la décision de sa sœur ?

« Mais je dois monter le Palomino, aujourd'hui! protesta-t-il. Avec une selle de western. »

Le klaxon retentit avec impatience.

Patrick regarda autour de lui d'un air égaré.

« Cary, toi, tu dois monter demain. »

A la pensée de faire du cheval, Cary haussa les épaules. En son for intérieur, il détestait les chevaux, et n'arrivait jamais à se persuader qu'il était réellement possible de commander à une créature aussi monstrueuse.

Le klaxon lâcha deux couinements stridents.

Patrick, abandonnant Cary à la télévision, plaida sa cause auprès de Sean.

« Ils nous attendent dehors! Viens! »

Sean suivait attentivement le dessin animé.

« Cathy a raison, dit-il.

— Non, elle n'a pas raison! Si j'y vais, je dirai rien, parole d'honneur! »

Personne ne l'écoutait. Patrick changea de ton.

« Après tout, je n'ai rien à en faire, de ce qu'elle dit. Viens, Sean! Je m'en vais. »

Patrick, seul avec son désespoir, se mit à haïr la télévision qui détournait de lui l'attention de son frère.

« Tu viens, oui ou non? »

Patrick prit son élan vers la porte de la maison.

« Moi, je pars. »

Mais, Cathy, sans élever la voix :

« Sean, je t'ai dit de ne pas le laisser sortir. »

Elle aurait tout aussi bien pu ne rien dire : Sean avait déjà bondi hors de la pièce à la poursuite de son frère.

Cary se mit sur ses pieds, et alla faire un tour du côté de la porte. Il vit les deux garçons courir à travers le hall. Sean attrapa son cadet. Patrick se tordit sous la poigne de son frère, lui échappa, et repartit dans l'autre sens. Cary se plaça sur son chemin, et lui barra le passage. Le petit chargea, mais son frère, plus lourd, se jeta de tout son poids contre lui, et envoya Patrick au tapis avec un ho! semblable à celui d'un lutteur japonais.

« Espèce de salaud! » lui jeta Patrick en se frottant le coude.

Il se releva, et voulut donner un coup de poing à Cary, mais le gros garçon rabattit entre eux les battants de la porte à claire-voie. La voix de Cathy leur parvint depuis le salon de T.V. en même temps qu'on entendait une porte s'ouvrir.

« Sean, retiens-le ici! Je vais parler au chauffeur.

— Tu y tiens vraiment?

— Il faut bien que quelqu'un le fasse », soupira la martyre consentante.

Le cow-boy au chapeau Stetson, au volant du bus, prêta l'oreille à cette grande fille bronzée qui se tenait sur la route devant sa portière ouverte.

Vint ensuite la réponse du conducteur, avec une

voix bizarrement haut perchée. Il avait sa liste de gosses à ramasser, et sur cette liste, il avait les trois garçons de chez Moss, et une liste était une liste. Le *Junior Cowboys Dude Ranch* n'admettait pas d'infraction à la règle. Jamais.

« Ils ne peuvent pas venir aujourd'hui », répéta Cathy, alors que dans le dos du chauffeur, les cow-boys juniors devenaient à chaque instant un peu plus impatients. Ils remuaient, criaient, s'agitaient, lançaient des enveloppes de sucettes, et tirant le bras à travers les fenêtres, cognaient sur les grosses lettres qui, sur les flancs jaunes du bus, vantaient le *Junior Cowboys Dude Ranch.*

Coccinelle sortit d'un bond de son jardin, et commença à se plaindre dans une explosion de jappements.

« En fait, mes frères ne reviendront sans doute jamais au ranch », ajouta tranquillement Cathy.

Le cow-boy déplia un papier dactylographié qu'il sortit de la poche d'une chemise de rodéo largement ouverte.

« Là-dessus, on dit qu'ils ont signé, tous les trois, et qu'ils ont payé! »

Le jeune homme se faisait plus insistant, avec une voix de plus en plus perçante.

« Quelqu'un a-t-il dit que le Ranch aurait besoin de rembourser ? »

Le cow-boy, un peu radouci, plia le papier et le remit dans sa poche. La fillette poursuivit :

« On a des parents qui viennent nous voir, et aujourd'hui, ils nous emmènent à Disneyland. Et demain, on va à Marineland. »

Le cow-boy se retourna et menaça un gamin aux cheveux longs dont le pistolet à eau venait de faire mouche sur sa nuque. Après l'avoir momentanément intimidé, le cow-boy retira son chapeau, fourragea de ses doigts maigres dans sa chevelure couleur de sable, et cita le règlement du Ranch.

« La seule personne qui peut excuser l'absence d'un cow-boy junior une fois qu'il a signé, est l'un de ses parents ou son tuteur.

— Vous voulez que notre bonne vous confirme ?

— D'accord. Faut que j'entende ça de sa bouche.

— D'accord, dit la fillette sur le marchepied du bus.

— Eh bien, allez la chercher. »

Cathy regarda le cow-boy droit dans les yeux.

« Tout de suite!

— Ce que je peux faire, c'est lui demander un mot. Elle est en train de prendre un bain. On lui permet de prendre des bains parce qu'elle est enceinte.

— Bon. Va pour un mot. Mais dépêchez-vous! »

Cathy ne fit pas un mouvement.

« Ça ne prendra pas plus de deux minutes...

— Allez au diable, avec votre mot! »

Le chauffeur étouffa un juron; il claqua la portière, et l'immense autobus jaune reprit sa route avec son chargement d'enfants turbulents.

Coccinelle aboya.

Cathy s'arrêta un moment sur le seuil, et regarda ses trois frères dans le hall. Marti grignotait soigneusement les dessins en demi-lune d'un biscuit. Patrick furieux jusqu'aux larmes, et toujours flanqué de Sean et de Cary, sanglotait de haine pour sa sœur. Sean et Cary attendaient respectueusement les ordres de Cathy. La fillette claqua la porte derrière elle, et eut un sourire.

Dehors, sur la route, Coccinelle se remit à aboyer.

« C'est le facteur! dit Cary depuis la fenêtre. Il vient ici avec quelque chose à signer.

— Faut être une grande personne pour signer », dit Patrick.

La main de Cathy se posa sur la poignée de la porte. « Attendez tous ici. »

Moins d'une minute après, la fillette était de retour, et à son sourire, ses frères et sa sœur comprirent qu'elle venait de résoudre un nouveau problème posé par le monde extérieur. Elle jeta le courrier — des lettres et un paquet en provenance d'Italie — sur le bureau.

Patrick poussa le paquet de côté, et se mit à ouvrir les lettres.

« Laisse le courrier de Marty! cria la fillette.

— Il croit que son père lui a envoyé une carte

d'anniversaire, dit Cary. Il n'arrête pas de nous rabâcher que c'est son anniversaire, demain.

— T'en fais pas, dit Sean. Miss Nevins n'oubliera pas, au bureau. » Marti s'empara du paquet. « J'veux voir papa et maman! »

Deux des garçons étaient déjà retournés, ainsi que Cathy, vers l'écran de télé.

Il y eut une explosion de rires pré-enregistrés à l'apparition d'une femme en train de hurler sous un séchoir à cheveux qui pétaradait comme un feu d'artifice.

Marti criait, elle aussi :

« Papa!... Maman!... »

La petite retira de son emballage une vidéo-cassette et la fourra dans les mains de Patrick. Le gamin prit la vidéo-cassette, ouvrit le meuble au-dessous de la télévision en couleurs, et, adroitement, plaça la bobine dans un magnétoscope Sony.

« Reste tranquille! dit-il. Je vais te la passer. »

Marti, les yeux brillants, suivit le moindre geste de Patrick jusqu'à ce que l'écran obscur du Sony s'illumine brusquement, et que sa mère et son père fassent leur apparition.

Des cinq enfants, Marti fut la seule à accorder aux parents une complète attention.

La blonde Paula Moss agitait la main, en noir et blanc, tandis que Marty, un peu chauve mais très sûr de lui, était debout devant une balustrade, sous un treillage de bougainvillées, avec pour fond la Méditerranée. Paula agitait la main avec la même conviction que dans les films muets de jadis. Mais, à la différence de ces vieux films, que les enfants connaissaient, Paula parlait : « Coucou, mes chéris! »

Les garçons et Cathy haussèrent le son de la télévision en couleurs, et noyèrent celui de la vidéo-cassette.

« Arrêtez! » hurla Marti, et elle serra ses petits poings en signe de protestation.

Cary prit les mains de la petite :

« Tu veux regarder la comédie pendant qu'on sera à la cuisine pour le petit déjeuner, pas vrai ? »

Dans le réfrigérateur, les quatre aînés prirent des Coca-Cola, des pepsis, des sodas à l'orange, des petits pains briochés, des céréales à pleines poignées, et telle une procession de fourmis, déjeunèrent en faisant le va-et-vient entre la cuisine et le salon. Cathy but le pepsi à la bouteille, puis la laissa tomber sur la moquette et se mit à consulter le magazine de T.V., marqué de nombreuses traces de doigts et taché de nourriture. Choisissant le programme de la journée, elle cocha les colonnes avec un stylo à bille.

Marti, clignant des yeux devant l'écran vide du Sony où son père et sa mère venaient de disparaître, leva son regard vers l'image en couleurs que ses frères et sa sœur regardaient. Sa petite main s'empara du boîtier de commande, et fit basculer l'image sur une autre chaîne.

« Hé! s'écria Patrick, indigné.

— Enlève ça! hurla Cary.

— Il se trouve que c'est le tour de Marti, déclara Cathy.

— La barbe! dit Sean.

— Bouclez-la! » jeta Cathy avec colère.

Elle se dressa et alla détacher du boîtier les doigts de la petite : Marti se remit instantanément à crier. Patrick bondit vers sa sœur aînée, et lui arracha le boîtier. La fillette laissa tomber son petit pain sur la moquette. Patrick écrasa le petit pain avec son pied.

Cri perçant de Cathy :

« Cochon!

— C'est toi qui es une cochonne! hurla Patrick. Tu veux tout. »

La fillette repoussa son frère qui, en tombant, arrosa la moquette de soda à l'orange. Le gamin se remit péniblement sur ses pieds.

« Donne-moi le boîtier. »

Entre Patrick et Marti, c'était à celui qui crierait le plus fort.

Cary et Sean avaient accepté sans rien dire le changement de programme, et ils n'accordèrent que peu d'attention au garçonnet et à la fillette qui se battaient devant l'écran lumineux. Cary déchira une enveloppe de cellophane, et piocha dans un paquet de beignets fourrés.

Cathy, acculée dans un coin, cria d'une voix perçante :

« Cary, aide-moi!

— Aide-toi toi-même », répondit le gamin tout en mâchonnant une bouchée de beignet, procédé qu'il était capable d'accélérer en faisant glisser le tout à l'aide d'une bonne gorgée de Coca-Cola.

Patrick et Cathy se colletaient et se griffaient. Puis Patrick bascula par-dessus le bras du canapé, Cathy plongea sur lui. Quand elle refit surface, c'était elle qui tenait le boîtier de commande. Ce fut alors Patrick qui appela au secours.

« Sean! Dis-lui que c'est mon tour! »

Mais son frère se détourna de la télévision avec un bâillement.

« Je vais travailler à mon château, dehors. »

Cary, profondément intéressé, se tourna vers sa sœur :

« Cathy, est-ce qu'il a vraiment le droit de sortir? »

Cathy prit sa voix la plus autoritaire.

« S'il reste devant la maison. Et à condition de ne parler ni à Marlice, ni à personne.

— D'accord.

— Parole?

— Parole. »

Patrick, réfugié contre le mur au-dessus du poisson luisant, se frottait le bras. Il gémit :

« Avant de t'en aller, Sean, dis-lui que c'est mon tour de choisir l'émission. »

Sean secouait la tête.

« Cathy a raison. C'est le tour de Marti. »

Patrick, bouillant de rage devant la trahison de son frère, le suivit des yeux pendant qu'il écartait les rideaux et tirait le panneau coulissant :

« Salaud! »

Sean sortit dans le soleil aveuglant, tâta la peau de zèbre encore humide, et escalada le mur du patio.

Patrick bondit du canapé, se précipita hors du salon, entra dans la chambre de bonne, puis grimpa au second.

Cathy devina qu'il était en train de s'installer devant le récepteur de télévision portatif. Plus important : elle réalisa que si elle ne conservait pas le contrôle de toute la télévision dans la maison, c'en était fait de son autorité. Elle bondit dans le hall.

« Pas de télé sauf dans le salon. C'est un ordre! »

Une porte claqua. Cathy, escortée de Cary, partit à l'assaut du deuxième étage. Une bagarre éclata dans la chambre, continua dans le couloir, et ne tarda pas à se transformer en véritable bataille. Il y eut des cris et des pleurs. Patrick poursuivit Cathy qui serrait le récepteur portatif dans ses bras. En haut de l'escalier, le récepteur tomba avec un bruit sourd, et s'écrasa sur la moquette. La fillette et Cary ne perdirent pas de temps : ils enjambèrent le récepteur en miettes, et revenant dans le salon de T.V., claquèrent la porte à claire-voie et donnèrent un tour de clef. Le gamin en pleurs se mit à cogner avec fureur dans la porte.

VIII

QUELQUES instants plus tard, à part la vie électronique qui s'écoulait de l'écran de télévision, le silence régnait dans la maison. Peu à peu, les épaules de Patrick cessèrent de trembler. Il avala ses larmes. De ses doigts sales, il frotta ses yeux humides, puis il se remit sur ses pieds, traversa le hall, et franchit lentement la porte de devant pour se rendre à la plage.

Dans le salon, debout dans la demi-clarté qui filtrait entre les rideaux tirés, Cathy abritait ses yeux de l'éclat aveuglant du soleil d'août. Cary, assis en Bouddha, regardait un film où des mitraillettes faisaient voler les vitres en éclats. Il dit :

« Et si Patrick raconte à quelqu'un qu'il n'y a personne pour s'occuper de nous ? »

Cathy laissa retomber les rideaux et revint vers

la télévision. De la main elle balaya miettes et céréales sur le siège de son fauteuil et approcha celui-ci de l'écran. Elle plongea la main dans le sac de bonbons de Cary.

« Tu es sûre qu'il ne dira rien? » demanda celui-ci, mais son anxiété était quelque peu atténuée par le bonbon qu'il suçait.

« A la place de Patrick, est-ce que tu dirais quelque chose?

— Lui, il ne sera pas obligé de rentrer à New York comme nous deux.

— Il n'en irait pas moins retrouver son idiote de mère à Sun Valley. Et il déteste ce coin là.

— Il y a une piscine.

— Il fait toujours pipi dedans, ricana Cathy. Pour embêter sa mère.

— Mais s'il dit quelque chose?

— Il ne dira rien. En ce moment il est avec Sean, à travailler à ce stupide château. »

Sean avait pelleté avec acharnement et amoncelé une montagne de sable à l'intérieur des murs bas du château. Patrick travaillait de bon cœur, joyeusement même, et transportait des seaux d'eau de mer pour humecter le sable et cimenter les murs. Absorbés momentanément par l'édification d'une tour, aucun des deux garçons ne parlait.

Ce château, que Sean avait imaginé, l'étendue de la plage qu'il avait si soigneusement mesurée, le sable qu'il avait creusé pour en faire un gros tas, le fossé, les murs et les solides fondations des tours dont il avait si méticuleusement tracé les plans et les dessins dans son carnet — l'ensemble du château n'existant alors que dans sa tête —, tout cela avait pris maintenant suffisamment forme pour que les autres n'aient plus besoin de faire appel à leur imagination. Les gamins du voisinage venaient voir la construction qui sortait du sable pourtant si ordinaire, devant chez eux.

Chacun approchait, puis s'arrêtait, sentant bien qu'il fallait attendre l'invitation des constructeurs pour venir plus près. Mais Sean et Patrick n'invitaient personne. Leur silence faisait comprendre aux voisins qu'ils n'étaient pas les bienvenus. Se prenant au mieux pour des spectateurs et au pire pour des gens qui empiètent sur le domaine d'autrui, les gamins restaient là quelques instants, indésirables, un peu gauches, et pour finir rebroussaient chemin. Certains se promettaient de bâtir leur propre château devant leur propre maison. Quelques-uns commençaient à faire des tas de sable.

Cathy et Cary, avec Marti qui trottait derrière dans le soleil brûlant de la mi-journée, sortirent de la maison, leur ombre ramassée autour d'eux.

A l'extérieur des murs de sable, ils s'efforcèrent tous deux de ne pas laisser voir le frisson de respect et d'admiration qu'ils éprouvaient réellement. Marti fit halte dans le sable chaud avec, dans ses yeux, un reflet de matin de Noël. Cela n'avait rien d'un château de Walt Disney avec ses tours rondes et ses tourelles pointues qui montent très haut dans les nuages. Le château de Sean, lui, bâti de sable humide, était solide, réel, et assez grand pour que Sean et Patrick travaillent à l'intérieur.

Cathy et Cary vissèrent leurs pieds dans le sable pour éviter son contact brûlant. Marti gagna la partie du fossé qui était à l'ombre : le mur qui grimpait devant elle était aussi haut que le sommet de sa tête. Elle cligna des yeux et ne prononça pas un mot.

« Est-ce que Marti peut entrer? » demanda Cathy.

C'était au nom de la petite qu'elle parlait, attentive à ce que la requête soit présentée pour sa sœur et non pour elle-même. Sean ne prit pas le temps de lui accorder un regard. Avec un bâton, il était en train d'égaliser la base de la tour pour qu'elle soit bien plate.

« Faut que vous entriez par le pont-levis.

— De l'autre côté du château », ajouta Patrick.

Les trois visiteurs, en file indienne, passèrent sur la planche qui traversait le fossé et franchirent le rempart.

« Qu'est-ce que c'est? » demanda Cathy en montrant la surface plane que Patrick égalisait à petits coups.

« Tu ne le vois pas? » dit Patrick, un peu embarrassé, mais bien content tout de même de jouer le rôle de guide. Ici, c'est la cour. Et là où Sean est en train de travailler, c'est le donjon.

— On va l'aider, annonça Cathy.

— Ce que vous pouvez faire, dit Sean, c'est aller chercher des seaux d'eau. Il faut que ce soit toujours humide. »

Cette tâche n'avait pas l'importance que Cathy aurait souhaitée, mais le château était si indiscutablement la création personnelle de Sean, son domaine, qu'elle prit un seau sans rechigner et, Patrick sur les talons, courut au bord de l'océan.

Le soleil d'août suspendu au-dessus de leurs têtes, les cinq enfants, travaillant de concert, aplanirent les murs à petits coups du plat de la main, et nivelèrent le sable dans la cour principale. Cathy elle-même semblait heureuse, momentanément, de faire couler de l'eau goutte à goutte pour humecter la tour dont Sean sculptait les fenêtres. Marti, qui versait du sable dans des boîtes à café et moulait des tours parfaites mais trop petites pour qu'on puisse s'en servir, était la seule à parler. Mais si la petite exprimait ses sentiments, c'était moins pour les faire partager à ses frères et à sa sœur que pour rendre ses inventions plus réelles en les accompagnant de paroles. Aucun des quatre enfants, à l'intérieur des murs de sable, ne la contredisait.

« Ça, disait la petite à propos de la tour, c'est

l'endroit où habitent la maman, le papa et les cinq enfants. Là. »

Elle enfonça gentiment le doigt et Sean toléra qu'il y ait un trou dans le sable bien lisse du toit.

« La maman et le papa et les cinq enfants habitent tous là. Ils vivent tous ensemble et la maman et le papa ne s'en vont jamais. »

Pendant plus d'une heure, les enfants travaillèrent côte à côte, et ce fut un rare moment d'harmonie.

Puis vint un moment où Cary ne supporta plus de recevoir les ordres de Sean, le maître d'œuvre, et il planta sur un mur, en guise de tourelle, un des cylindres de sable de Marti.

Sean, d'un coup de main, balaya cet additif dont il ne voulait pas, et lança la boîte hors du château; elle roula dans le sable en direction des vagues.

Cary se releva et, méchamment, donna un coup de pied dans la tour qui, sous le choc, s'écroula à demi.

Marti se mit à pousser des cris.

Sean lança un coup de poing au gros garçon qui, en esquivant, laboura le sable de la cour d'honneur. Cathy et Patrick poussèrent des hurlements de protestation.

Pleurant de rage, Sean ramassa une poignée de sable et la jeta au visage de Cary. Le garçon porta ses mains pleines de sable à ses yeux et à ses lunettes, se mit à trébucher un peu partout dans le château, démolit un mur en passant au travers, et tomba dans le fossé. Quand il fut à l'extérieur, les larmes jaillirent entre ses doigts, et il se précipita vers la maison.

Cathy se redressa.

« Viens, Marti.

— Tu as raison, cria Patrick. Va embrasser ce gros pleurnicheur et fais-lui la morale. »

Cathy fixa Patrick pendant un long moment.

« Je t'informe que ça va être l'heure du film. »

Elle fit passer Marti par le mur démoli et laissa tomber par-dessus son épaule, en guise d'adieu :

« Le film que tu ne verras pas. »

La menace de Cathy plana au-dessus du gamin et, quelques instants après qu'il l'eut vue faire entrer Cary et Marti dans la maison, il se mit à courir à travers la plage.

Dans le hall froid et obscur, Patrick essaya la poignée de la porte du salon de T.V. C'était bien ce qu'il redoutait : la porte était fermée à clef.

Après avoir branché le récepteur détérioré à une prise murale, et constaté qu'il était mort, il battit en retraite jusqu'à la première marche de l'escalier recouvert de moquette et tendit l'oreille : venant du salon, on entendait des éclats de voix et des coups de feu.

« Ça doit être un western, pensa-t-il. Ou un film de gangsters. »

Que ce soit l'un ou l'autre, il mourait d'envie

d'avoir sa part du plaisir procuré par le film. Il posa la bouteille vide sur la marche et, traversant le hall, alla frapper doucement à la porte.

« Cathy? »

Il y eut un coup de feu. Un Indien poussa son cri de guerre. Puis on entendit un galop de cheval.

C'était un western.

« Cathy? Je peux entrer? »

Dans un crescendo, la musique de western se mêla au tonnerre des sabots.

« Cathy? »

La fillette finit par répondre :

« Je ne peux même pas te parler. Attends qu'il y ait une publicité. »

Le gamin retourna à sa marche, brossa le sable de ses pieds nus, examina les ongles de ses orteils, et remonta sa main le long de sa jambe bronzée jusqu'à ce qu'il trouve une croûte à gratter. Il attendit le son d'une publicité. Finalement, les coups de feu cessèrent; il alla à la porte et frappa.

« Je peux entrer maintenant? »

De l'autre côté de la porte fermée, personne ne répondit.

« Cathy? »

Le speaker annonçait aux télespectateurs la découverte d'une nouvelle poudre à laver miracle.

« Cary? »

Une voix s'éleva de l'autre côté des battants à claire-voie.

« Si je te laisse entrer, dit Cathy, il faut que tu promettes.

— Que je promette quoi ?

— Que tu promettes de faire tout ce que je te dirai. »

Une autre voix intervint.

« Cathy, regarde! Il est toujours coincé dans la grotte.

— Patrick, tu promets ? »

Le gamin gratta la croûte sur sa jambe.

« Patrick Moss, je te donne exactement trois secondes pour répondre. »

Patrick Moss frotta le sable qui était collé à son maillot de bain humide. Il jeta un coup d'œil vers le hall obscur.

« Une. Deux... »

Le gamin secoua la tête.

« Alors ? interrogea la fillette de l'autre côté de la porte.

— D'accord.

— Répète ce que j'ai dit!

— Je promets.

— En entier.

— Je promets de faire tout ce que tu me diras. »

Silence.

« Tu vas ouvrir la porte ?

— Porte-moi un Coca glacé. »

Dehors, sur la plage, Sean sentit, sous ses jambes nues, le sable devenir froid. Au-dessus de lui, à l'ouest, le soleil couchant rougeoyait d'un rouge profond. Il entendit le bruit d'une tondeuse à gazon, et tourna son regard vers une villa qui, à l'est, se découpait contre le ciel bleu prune. Pas une seule lumière. Seul le jardinier, un petit homme avec un chapeau de paille rigolo, bougeait dans le crépuscule. Il s'arrêta de tondre, puis, tenant une longue canne à pêche, passa par-dessus le mur et traversa la plage en direction des rochers que les brisants recouvraient par intermittence.

Sean, debout dans son château, lui fit un geste de la main.

Le Japonais, qui s'en allait pêcher dans les rochers, lui rendit son salut.

Tandis que le soleil, comme un gros disque rouge, basculait à l'horizon, Sean quitta lentement l'éminence de sable sec et se dirigea vers lui, à travers le rivage humide et brillant.

Les voiles blanches d'un cotre se détachèrent sur la mer qui s'assombrissait. Sean s'arrêta à quelques pas du vieil homme, assez près pour voir ses mains, que le travail avait rendues calleuses, décoller du rocher qu'elles hérissaient de grappes, un gros bloc de moules noires. Le pêcheur ouvrit une moule et décolla la chair orange qu'il accrocha au bout de son hameçon en guise d'appât. Ni l'homme ni l'enfant ne parlaient.

Sean était déjà venu bien des fois retrouver le

jardinier, qui avait l'habitude, après avoir tondu, tard dans la journée, la petite parcelle de gazon des Moss, de venir pêcher sur les brisants. Les quelques mots que l'homme et l'enfant échangèrent durant tout l'été auraient pu, pensait Sean, être prononcés en moins d'une minute, s'il avait été possible de mesurer ainsi ce que disent les gens. Mais Sean savait que ce silence était de ceux qui ne mettent personne mal à l'aise.

Le garçonnet observa attentivement le vieil homme.

Le fait de s'emparer des coquillages ne comportait aucune signification destructrice. Au contraire, se servir de la chair d'une moule pour garnir son hameçon paraissait absolument naturel à Sean. Le pêcheur faisait simplement usage de ce qui se trouvait dans la mer, en l'occurrence les moules, pour attraper le poisson, dans l'eau sombre.

Le Japonais se retourna et jeta à Sean un regard rapide. Il n'eut pas un sourire. Il s'assurait, Sean le comprit à l'instant, que le gamin était hors de portée de l'hameçon qu'il était sur le point de lancer. Un léger coup de la canne à pêche, et l'hameçon, au bout de la ligne plombée, vola avec son appât au-delà des rochers. Le fil de nylon brilla, accrochant les derniers rayons du soleil.

Durant plusieurs longues minutes, peut-être

plus, l'homme contempla la ligne scintillante, et l'enfant resta là à la regarder.

Le vent qui, sur cette côte, se lève souvent à la tombée du jour, emplit la plage d'une fraîcheur contre laquelle Sean arrondit ses épaules nues. Cherchant dans les rochers un endroit pour s'abriter, il s'assit en dessous d'une grosse pierre et referma contre lui ses bras tremblants.

Une ombre s'appesantit sur l'enfant et quand il leva les yeux, il vit en face de lui le pêcheur qui lui tendait son blouson. Toujours impassible, il se contenta de lui lancer le vêtement, puis revint à sa place, changea d'appât et jeta de nouveau la ligne.

Le temps passa. Puis, d'une manière tout à fait inattendue mais sans aucune émotion dans la voix, le pêcheur dit :

« Viens ici. Vite. »

Sean escalada les rochers et à sa grande surprise le pêcheur plaça la canne à pêche dans ses mains. La canne frémissait de vie. La ligne était comme sous le coup d'une excitation. Quelque part dans la mer, à ses pieds, Sean pouvait sentir qu'un poisson se battait contre l'hameçon.

Sans prononcer un mot, le pêcheur montra à l'enfant comment il fallait s'y prendre pour manœuvrer le poisson, réembobiner la ligne et amener sa prise à terre.

Et Sean vit surgir un poisson d'argent qui l'éclaboussa. Très fier de lui, il battit des paupières quand il comprit que l'homme lui faisait cadeau du poisson. Son visage bronzé s'éclaira d'un immense sourire.

« Merci. Je vais le faire cuire ce soir pour dîner. »

Côte à côte, Sean et le pêcheur traversèrent lentement la plage froide et gagnèrent la maison. Quand ils furent parvenus au mur du patio, Sean rendit le blouson à son ami. Le vieil homme enjamba le mur et, dans le patio, recommanda à l'enfant, qui tenait le poisson argenté :

« Dis à ta bonne de ne pas le faire trop cuire. » L'homme parlait d'une voix basse, sans accent. « Tu as compris ? »

Sean secoua la tête vigoureusement.

« Je vais le faire cuire moi-même. »

Dans la cuisine, Sean tomba sur Cathy qui le regardait fixement. Il jeta le poisson dans l'évier.

« Qu'est-ce que tu lui as dit ?

— Rien.

— Tu as promis de ne parler à personne!

— Je n'ai pas parlé de nous!

— Mais tu as parlé. »

Le garçon la bouscula pour passer.

« Je n'ai pas parlé et je vais prendre une douche chaude. »

Demeurée seule, la fillette souleva le poisson par la queue. Elle vida l'évier, expédia le poisson au vide-ordures et mit le broyeur en marche.

Le réfrigérateur et les placards fournirent aux enfants un nouveau repas. Puis, dans le salon obscur, dodelinant de la tête, s'assoupissant, se réveillant en sursaut, ils engagèrent la lutte contre le sommeil. Cathy était étalée dans son fauteuil. Marti suçait son pouce, et serrait dans son poing fermé une de ses mèches. Cary avait posé une main grassouillette sur son bas-ventre pour réprimer son besoin d'aller à la salle de bain. Patrick, à moitié endormi, était allongé sur la moquette. Loin des quatre autres, derrière le canapé, Sean était couché sur le dos, enveloppé dans la fourrure rayée, et tripotait du bout du doigt sa dent creuse.

L'écran fut illuminé par l'explosion, dans un sentier de la jungle, d'une mine souterraine qui déchiqueta les soldats ennemis, et les projeta dans les feuillages.

Un vendeur de voitures d'occasion, la voix plus puissante et plus persuasive que celle de n'importe quel autre acteur du film de guerre dans lequel il venait de faire intrusion en vociférant, ordonna aux spectateurs de profiter de leur premier moment de liberté pour se précipiter à son stock au cœur de San Fernando Valley.

Cathy tendit la main vers le boîtier de commande et changea de chaîne.

Une ville de western toute blanche de soleil reposait dans une tranquillité mortelle sur un fond de désert.

« Tu vas voir, dit Cary. Le shérif est dans la boutique du coiffeur.

— La ferme, répondit Cathy.

— Je l'ai vu cent fois celui-là.

— Je te dis de la fermer, dit la fillette. On l'a tous vu. »

Un bruit, provenant non pas de la ville de western à la télévision, mais de petits coups secs dans la pièce elle-même, rompit le silence. D'un seul mouvement, ils se tournèrent tous vers la fenêtre.

On tambourina de nouveau contre la vitre, derrière les rideaux.

La peur les jeta les uns vers les autres. Instinctivement ils se groupèrent à l'abri de la télévision.

Patrick fit un mouvement et toucha presque les rideaux.

« J'sais pas qui était là la nuit dernière, mais il est encore là, ce soir. »

Cathy saisit le bras du gamin.

« N'ouvre pas. Que personne ne bouge. »

La voix de la fillette tremblait de peur.

Le panneau vitré vibra dans son cadre métallique.

Les enfants, pétrifiés, avaient le regard fixé sur les rideaux.

Beaucoup plus tard, les images ininterrompues, les voix, la musique, les bruits qui reproduisent le monde, dispensèrent leur charme, captivèrent de nouveau les enfants, et les attirèrent plus près que jamais de l'écran. Ils regardaient le visage et écoutaient la voix des vedettes de deux générations antérieures lorsque le téléphone, brusquement, sonna l'alerte.

Cathy alla au bureau, et prit le récepteur.

« Graziela ? »

Cathy raccrocha, fit volte-face, et regarda vers la télévision; les yeux des quatre petits étaient fixés sur elle. Sa frayeur les gagna, et lorsqu'elle rentra dans le cercle, ils se rapprochèrent imperceptiblement les uns des autres jusqu'à ce que leurs corps se touchent. Leur chaleur communicative leur donna finalement assez d'assurance pour qu'ils reportent leur attention vers le film.

L'un après l'autre, les petits Moss s'endormirent; Sean, dans sa peau de zèbre, sur le canapé, fut le dernier à rester éveillé. Il tripota sa dent, sentant le crissement de la gencive, jusqu'à ce qu'elle finisse par céder et par tomber, avec le goût aigre du sang qui se mettait à couler.

Le garçonnet se leva et s'approcha de la lumière de la télévision pour examiner la dent. Tirant sur lui la peau de zèbre, il se coucha de nouveau sur le canapé, et déposa soigneusement la dent, comme une offrande, sous le coussin qui lui tenait lieu d'oreiller.

Sean s'éveilla avant le jour. Il glissa la main sous son oreiller, retira la peau de zèbre pour soulever le coussin, et trouva la dent à l'endroit exact où il l'avait placée. Ses yeux s'élargirent. C'était bien la dent qui était toujours là, au lieu de la pièce qu'il attendait.

Durant l'heure qui suivit, Sean demeura éveillé, les yeux fixés sur la lumière du récepteur qui dansait au plafond.

IX

Lorsque Patrick compulsa le courrier du samedi, il ne trouva ni carte ni cadeau d'anniversaire.

Il se mit à rôder dans la cuisine, et même la musique tonitruante qui venait du salon ne parvint pas à dissiper sa tristesse. Il regarda ses frères et sœurs qui fourrageaient comme des animaux affamés dans une montagne de papiers froissés.

« Les beignets, dit Cathy avec désespoir. Ils sont tous partis. »

Partis aussi les gâteaux, les brioches épaisses et savoureuses, et les petits pains à la cannelle. Tout ce qui restait des biscuits, c'étaient des miettes.

Ils se retrouvèrent tous les cinq en train d'escalader la tablette de la cuisine, de plonger dans le vide des placards et de secouer les boîtes de céréales presque vides.

A l'heure du déjeuner, les quatre enfants, affamés, réussirent à vaincre la résistance de Cathy, sa crainte de quitter la maison, pour s'aventurer au supermarché voisin. Cathy parvint à retarder le départ de l'expédition et à dresser une liste.

« Il faut qu'on achète des légumes et des trucs dans ce goût-là, déclara-t-elle. Comme ça, on aura vraiment l'air de faire les courses pour notre mère. »

Une fois dans le magasin, elle dut se battre avec les quatre autres pour qu'ils ne remplissent pas le panier de toutes les marques devenues familières grâce à la télévision et à ses innombrables réclames. Elle replaça dans la vitrine réfrigérée un paquet de pizzas congelées, et envoya Patrick faire une course à l'autre bout du magasin, puis elle fit promettre le secret aux autres pendant qu'elle choisissait un gâteau d'anniversaire.

« Je vais chercher les bougies! dit Cary.

— Fais attention qu'il ne te voie pas! » recommanda Cathy.

Au contrôle, la caisse enregistreuse était tenue par un jeune homme aux longs cheveux bruns soigneusement coupés et brillantinés. Il énonça le prix de chacun des articles qu'il tirait du chariot avant de les faire glisser vers l'emballeur. Le total apparut avec un « ding » sur l'enregistreur et indiqua que les petits Moss avaient, dans leur chariot, pour 31 dollars et 73 cents de marchandises. Le caissier, tout en aplatissant ses longs cheveux avec une main, tendait l'autre dans l'attente du paiement. Cathy demanda à l'emballeur de placer les paquets dans son propre chariot. Puis elle affronta le caissier.

« C'est l'impresario de mes parents qui paie toutes nos factures. »

Le jeune homme de la caisse se tourna vers l'emballeur et lui fit signe que les marchandises ne devaient pas quitter le magasin.

« C'est vrai, protesta Sean.

— Servez-vous de votre micro, dit la fillette. Faites venir le gérant. Vous lui demanderez. »

L'appel amplifié du caissier attira le sous-gérant qui, à son tour, en appela à un homme qui portait une cravate noire retenue par une pince de jade; ce dernier eut un sourire, et dit au caissier et au sous-gérant que les déclarations de cette fillette toute bronzée étaient parfaitement exactes. Puis il adressa un nouveau sourire aux cinq enfants.

« C'est votre bonne qui achète tous ces avocats, n'est-ce pas? »

Cathy, en vraie petite cliente, acquiesça. Ses frères attendaient. Marti cessa de réclamer le ballon qu'elle avait laissé échapper.

« Où est-elle aujourd'hui? »

La petite Cathy, imperturbable, regarda le gérant droit dans les yeux et dit, d'un ton sans réplique :

« Aujourd'hui ? Elle a ses règles. »

Sous le soleil de la fin d'après-midi, ils passèrent tous les cinq devant le pavillon du gardien, à l'entrée de la route privée de la Colonie. Le vieux gardien, à l'intérieur, leva les yeux de son journal, et jeta un bonjour fatigué aux enfants qui poussaient le chariot à provisions. Cathy se tourna d'abord vers ses frères et sa sœur, puis elle regarda la route devant et derrière elle : ils étaient seuls. Incapable de contenir sa joie, elle éclata d'un rire nerveux.

« Ça y est! Ça y est! Ça y est! »

Les enfants, en riant, poussèrent le chariot de toutes leurs forces et aussi vite qu'il voulait bien rouler sur la route inégale. Ils arrivèrent à la porte de derrière.

« Chut! prévint Cathy. Il ne faut pas qu'on fasse de bruit, sinon les imbéciles d'à côté vont se douter de quelque chose. »

Les autres acquiescèrent. Les provisions franchirent la clôture, remontèrent l'allée et parvinrent dans la cuisine.

Ce fut seulement quand le chariot fut vide, tous les paquets déposés sur la tablette de la cuisine, qu'ils se laissèrent aller à leur joie. Ils poussèrent un cri de triomphe, s'attaquèrent aux emballages, les déchirèrent, et répandirent les provisions. Cathy jeta ce qui était périssable.

Cary luttait avec Patrick pour s'emparer d'une

boîte de gâteaux au chocolat avec laquelle il comptait bien prendre la fuite vers le salon, mais Cathy lui barra le passage. Elle montra du doigt Patrick qui lui tournait le dos, et chuchota à son frère :

« On a quelque chose à faire avant. »

Cary haussa les épaules et n'en passa pas moins le doigt à travers la cellophane du paquet.

Cathy se tourna vers l'autre garçon, qui était en train d'ouvrir un paquet de céréales.

« Patrick, va regarder la télé un moment. »

Le gamin, qui s'apprêtait à contester bruyamment cet ordre, resta court : il venait de déceler un ton différent, un intérêt qu'il avait rarement perçu dans la voix de sa sœur. Cathy ajouta :

« Juste un petit moment. »

Après un rapide regard pour les autres, Patrick bomba dignement le torse et sortit de la cuisine.

« Maintenant, dit Cathy, il faut faire vite. Cary, tu prends le gâteau, et tu mets six bougies. Sean, tu attrapes le cadeau. Marti et moi, on monte chercher le magnéto. »

La fillette alla prendre l'appareil sur une étagère de sa chambre, à l'étage, plaça une bobine sur son axe, mit le son très bas, et constata avec satisfaction que c'était bien l'enregistrement qu'elle cherchait. Elle mit le magnétophone de côté et se précipita dans la chambre de ses parents, puis dans la penderie de sa mère.

Marti qui courait derrière sa sœur la vit retirer son tricot, décrocher d'un portemanteau une courte robe de cocktail et l'enfiler par-dessus son bikini. La robe, qui s'arrêtait au-dessus des genoux de Paula Moss, tombait jusqu'aux chevilles de la fillette, et le coup d'œil instigateur que jeta Cathy dans un miroir de pied se transforma en grimace. Marti, ravie, réclama aussi une robe, mais Cathy, tout en se regardant d'un air maussade, marmonna :

« Non, toi, tu es vraiment trop petite. »

Marti éclata en protestations, et Cathy abandonna le miroir pour s'occuper de sa sœur.

« J'ai quelque chose de mieux pour toi. Viens par ici. »

Marti, en trottinant, suivit Cathy jusqu'à la coiffeuse de sa mère qui était entourée d'une guirlande d'ampoules électriques. Cathy choisit un tube de rouge à lèvres et le déboucha. Elle fit jaillir l'extrémité du rouge et ordonna à la petite de se tenir absolument immobile pendant qu'elle passait du rose pâle sur les lèvres de Marti. Cette dernière se fit une place devant le miroir pendant que Cathy, penchée en avant, maquillait soigneusement ses propres lèvres. Marti ne perdait aucun des gestes de sa sœur. Elle pressa ses lèvres l'une contre l'autre, exactement comme elle le voyait faire à Cathy.

Les deux fillettes, satisfaites de s'être, en tous

points, comportées comme de vraies femmes, abandonnèrent la coiffeuse. Cathy posa sur la moquette bleue une paire de chaussures qui appartenait à sa mère, et glissa à l'intérieur ses pieds nus.

Cathy, portant le magnétophone, et Marti, essayant d'enfiler une paire de gants qui pendaient de toute leur longueur, se hâtèrent de redescendre et, sans bruit, revinrent à la cuisine où Cary piquait dans le glaçage du gâteau la sixième bougie bleue. Le gamin lécha ses doigts tout en examinant la tenue de ses sœurs.

« Je reviens tout de suite », chuchota Sean en se précipitant dehors.

Sean revint en courant avec le cadeau de Patrick : une enveloppe timbrée avec une adresse. Cathy vérifia le contenu de l'enveloppe : trois couvercles de boîtes de céréales et un billet d'un dollar. Sean expliqua que tout était au point.

« La seule chose qu'il ait à faire, c'est de mettre ça à la boîte, et le facteur lui apportera ce pistolet allemand en plastique qui le rend dingue chaque fois qu'il le voit à la télé.

— Il faut qu'on mette un ruban autour », dit Cathy, mais elle s'interrompit et se tourna vers la porte : dans l'embrasure se tenait Cary, perdu dans les plis de l'un des vestons de sport de son beau-père. Le gamin avait noué une lavallière autour de son cou et, sur ses cheveux dépeignés, il avait enfoncé une casquette bleue et dorée de yachtman. Cathy chuchota.

« Cary, va voir si Patrick n'est pas en train de nous espionner.

— Quel magnifique cadeau d'anniversaire! »

Cathy, Sean et Cary firent volte-face et virent, debout, à la porte de la cuisine, celle que Marty Moss appelait Nevins. Elle était entrée par la porte de derrière. Avec ses grandes dents, son large sourire, ses cheveux coupés court, et son immense carcasse enserrée dans un tailleur de toile blanche, elle semblait emplir la cuisine : ils voyaient soudain parmi eux la dernière représentante des adultes.

« Et juste au bon moment, en plus. » Nevins tenait un cadeau tout brillant dans son emballage bleu métallisé et son nœud lustré.

« Où est Patrick ?

— Il regarde la télé, répondit Cathy à toute vitesse. Il ne sait pas, au sujet du gâteau. C'est une surprise.

— Et Marti ?

— Elle est avec lui. »

Cathy et ses deux frères virent les yeux bleu pâle de Nevins se détacher d'eux et inspecter lentement la cuisine.

Cathy intervint.

« Est-ce que vous avez déjà vu un bazar pareil ? »

Nevins ne répondit rien, mais ses minces sourcils se haussèrent en arc de cercle.

Cathy, d'un grand geste de ses bras maigres, enveloppa tout le désordre.

« Tous les gosses de la plage sont passés par ici. On aurait dit une maison de fous. Ils viennent juste de partir. C'est vraiment dégoûtant! »

Sean et Cary retenaient leur souffle. Nevins allait-elle les croire? Cathy s'aperçut que la femme regardait les bougies encore éteintes, et elle dit précipitamment :

« Ce gâteau-là, c'est juste pour la famille.

— A la façon dont tu es habillée, dit Nevins, j'ai cru que je voyais ta mère.

— Et moi, je suis papa », proclama Cary.

Nevins observait les boîtes vides, les emballages déchirés, la nourriture écrasée, et tout ce qui traînait à terre.

« Où est votre bonne? Où est... comment s'appelle-t-elle déjà?

— Avocados.

— Ah! oui, Avocados. »

Cary jeta un coup d'œil à sa sœur. Sean, du bout de son pied nu, poussa, sur le sol, un grain de raisin écrasé. Cathy retira ses cheveux de ses yeux et regarda Nevins bien en face.

« Cette cruche! Elle avait oublié la glace au chocolat. Alors, elle a été obligée de retourner au supermarché pour la prendre. »

Nevins se tourna lentement et examina la cuisine.

« Incroyable! J'aurai certainement deux mots à lui dire à ce sujet.

— Comme je vous l'expliquais, on a eu tous ces gosses. La plage entière, pratiquement. On allait l'aider à nettoyer, tout de suite après...

— Et le reste de la maison ? » Nevins se dirigeait vers la porte.

Cathy sentit la panique monter.

« Elle a passé l'aspirateur ce matin. Il ne faut pas que Patrick sache que vous êtes là! »

La femme s'arrêta.

« Oui, il faut qu'il croie que le cadeau vient réellement de Marty. »

Nevins se pencha dans le hall et jeta un regard vers le salon de T.V. Puis elle se retourna et regarda fixement Cathy.

« Est-ce que vous avez tous mangé comme il faut ? »

Avant que Cathy ait pu répondre, Nevins ouvrait le réfrigérateur et en examinait le contenu. Là, sur les étagères de fil métallique, il y avait les boîtes de fromage de campagne, le beurre, les œufs, les fruits et les légumes que Cathy avait inscrits sur sa liste. Nevins hocha la tête en signe d'approbation et referma la grande porte blanche. Elle jeta un coup d'œil à sa montre-bracelet.

« Combien met-elle de temps pour aller au supermarché et en revenir?

— Tout dépend si elle trouve une autre bonne qui parle espagnol quand elle va là-bas. En ce moment, elle en a probablement rencontré une. Si vous saviez ce qu'elles sont bavardes quand elles sont ensemble! »

Nevins consulta de nouveau sa montre.

« Cela m'ennuie de partir avant qu'elle soit là. »

Aucun des enfants n'osait lever les yeux vers elle.

« Remettez ceci à Patrick. »

Elle leur tendit le cadeau.

« Mais ce qu'il y a de plus important... »

Elle s'interrompit, et sortit un carnet et un crayon de son sac. Elle écrivit rapidement quelque chose et déchira le feuillet.

« Voilà. Pensez à remettre ceci à la bonne. Dites-lui que je reviendrai passer l'inspection la semaine prochaine. Attendez. Je vais marquer ça aussi. »

Elle examina de nouveau la cuisine.

« Il suffit de tourner le dos une minute et ça se conduit comme des cochons. »

Elle fit un pas vers la porte de derrière et les trois enfants se gardèrent bien de dire quoi que ce soit qui pût l'inciter à rester.

« Et souhaitez un bon anniversaire à Patrick de ma part! »

Elle réfléchit, pointa un de ses longs doigts vers le glaçage du gâteau, en préleva un tout petit morceau et franchit la porte de la cuisine.

Cary retira ses lunettes et se mit à les essuyer à sa chemise.

« C'était fameux le coup du supermarché!

— Et si elle était restée ? demanda Sean.

— Elle ne l'a pas fait. »

Cathy ouvrait une boîte d'allumettes.

« Allons-y; Cary, allume les bougies. Et moi je tiens prêt le magnéto.

— Marti! »

La petite entra dans la cuisine en courant et s'arrêta net. Ses yeux se firent de plus en plus grands devant le gâteau au chocolat dont les lumières étincelantes dansaient devant elle.

Laissant le gâteau sur la table de la cuisine, les deux garçons et Marti suivirent Cathy dans le salon de T.V. où Patrick faisait semblant d'être captivé par le film. Lorsque Cathy lui ordonna de se placer devant Cary et de se laisser bander les yeux, le petit garçon, d'ordinaire si indiscipliné, obéit sur-le-champ. Il faisait tout ce qu'il pouvait pour ne pas rire.

« Fais-le tourner trois fois sur lui-même », dit Cathy.

La fillette plaça ses frères et sa sœur sur une seule ligne. Elle mit Patrick devant, et, posant sa propre main sur son épaule, elle dirigea les quatre enfants vers le hall.

Cathy ouvrit à fond le son du magnétophone : un énorme chœur de chanteurs professionnels sortit de l'appareil, et *Happy Birthday To You* emplit la maison obscure.

Le visage de Patrick s'illumina d'un sourire alors que Cathy conduisait toute sa tribu dans la cuisine.

Avant que les enfants atteignent la porte de celle-ci, une lueur brillante, beaucoup trop brillante pour les six chandelles du gâteau, envahit la pièce. Marti se mit à crier et les trois autres enfants virent que les rideaux du coin-repas étaient en train de prendre feu.

Pendant un long moment, les enfants, sans réaction, regardèrent le feu grimper à l'assaut des fenêtres. Patrick arracha le bandeau de ses yeux. Sean, le premier, cria :

« De l'eau! »

Il s'élança pour arracher les rideaux, mais les flammes le rejetèrent en arrière. C'était à peine si les casseroles d'eau que Cathy et Cary emplissaient et jetaient contre le tissu parvenaient à ralentir l'incendie.

Sean courut à la porte de derrière.

« Je vais chercher le tuyau d'arrosage. »

Quelques secondes plus tard, l'eau jaillissait de l'embout du tuyau et éclaboussait la fenêtre. A l'intérieur, les flammes grimpaient jusqu'au plafond.

« Ouvrez la fenêtre! » cria Patrick.

Cathy essaya d'atteindre le loquet, mais elle dut retirer aussitôt sa main pour se protéger le visage : la chaleur la repoussa et la fit tousser.

Patrick s'élança.

« Reste où tu es! » s'écria Cathy.

Le garçonnet protégeait son visage dans son bras replié.

« Trouvez quelque chose pour casser la vitre! cria Cathy.

— Patrick! Non! »

Patrick jeta un regard circulaire sur la cuisine encombrée de papiers tout prêts à prendre feu. Ce qu'il trouva de mieux pour casser la vitre, ce fut, sous une table, un escabeau en aluminium; il le brandit au-dessus de sa tête et s'élança à l'assaut de la fenêtre.

De l'extérieur, Sean dirigeait la lourde lance vers les carreaux qui se fracassèrent en une pluie d'éclats de verre. Un gros morceau, aussi tranchant qu'un rasoir, tomba sur le bras de Patrick comme un hachoir sur une planche à découper. Le gamin laissa tomber sans un cri l'escabeau de métal. Comme les autres, dans la cuisine, il était tellement excité par les rideaux en flammes qu'il n'avait rien senti.

En quelques secondes, le tuyau de Sean éteignit

les flammes. Les rideaux détrempés pendaient en ruines carbonisées, le sol était un petit lac.

Le mur et le plafond étaient noircis par la fumée.

Ce fut seulement lorsque Sean revint en courant dans la cuisine, et que les trois enfants, sur le pas de la porte, se risquèrent à approcher, qu'ils virent le sang ruisseler sur le bras de Patrick.

X

Lorsqu'elle vit le sang de Patrick couler à travers ses doigts, la petite bande fut prise de panique. Cary hurla.

« Il faut appeler un docteur!

— Ça prendra trop de temps! »

Sean s'empara de la serviette de table qui avait servi de bandeau et la noua autour de l'avant-bras ensanglanté de Patrick.

« Le maître-baigneur! lança Cary.

— Non! dit Cathy avec calme. Combien de fois faudra-t-il te le dire ? On ne doit parler à personne!

— Tiens-la serrée », dit Sean. Il empoigna Patrick et le poussa en direction de la plage.

Cathy courut derrière eux et retint son frère.

« Pas le maître-baigneur! Il va poser des questions. »

Cary et Marti, emportés par l'action, rejoignirent Cathy qui suivait les garçons à grandes enjambées dans le sable.

La fillette comprit qu'elle ne pourrait pas arrêter Sean et elle se débarrassa des chaussures de sa mère pour avancer plus vite. Il fallait que ce soit elle qui conduise sa famille jusqu'à la plage; elle garderait ainsi la situation en main en répondant elle-même à toutes les questions. Cary traînait derrière avec le lourd veston de sport de son père qui lui battait les jambes, et se hâtait pour ne pas être semé. Marti était la seule à avancer aussi lentement et il la tirait par la main.

Ils défilèrent tous les cinq devant les villas de la Colonie et atteignirent les rochers qui séparaient la plage privée du domaine public. A un quart de mille devant eux, à l'autre bout de la célèbre plage de surf de Malibu, se dressait, sur une éminence de faible hauteur, l'endroit où ils se rendaient : le poste du maître-baigneur.

Alors qu'ils approchaient de l'éminence, Sean vit que le maître-baigneur, sur sa tour jaune, était en train d'amener le drapeau. Le jeune homme brun détachait de la drisse le drapeau rouge, blanc et bleu lorsque Sean cria vers les autres.

« Grouillez-vous! Il plie bagage! »

Le garde replia le drapeau et le rangea à l'intérieur de la cabine, puis il revint se pencher sur le garde-fou et jeta un dernier coup d'œil à la plage. Son travail consistait à protéger, jusqu'à cent mètres de la tour, les surfistes qui se faisaient porter par les courtes vagues rapides en direction du rivage. Il en compta une trentaine qui tâchaient de prendre position tant bien que mal sur les vagues alors que celles-ci ondulaient à toute vitesse et roulaient vers la plage.

Cary, tout rouge, courait aussi vite qu'il le pouvait derrière les autres. Sa respiration n'était plus qu'un halètement rapide et saccadé. Son cœur battait à grands coups. Il maudissait ses dix kilos de graisse superflue et ses frères et sœurs qui couraient devant.

Sean s'arrêta pour regarder en vitesse le bras de Patrick, et il vit que le gamin, en serrant très fort la serviette, avait stoppé l'hémorragie. Sean fit signe de s'arrêter, et Cary en profita pour les rejoindre. Cathy, reprenant sa respiration, haleta :

« Si le maître-baigneur pose des questions, il ne faut pas que Patrick dise un seul mot! »

Sean se remit à les harceler. Il poussa son frère en avant en voyant le garde fermer la tour pour la nuit.

« M'sieur! Mon frère... il s'est salement coupé. »

Le garde ne prit même pas la peine de jeter un regard en bas : dans un seul mouvement continu, il attrapa la main courante de l'échelle et se laissa glisser jusqu'au sol. Son regard exercé se posa sur la serviette qui bandait le bras, et il la souleva pour examiner la profonde coupure. Comme ni le pied ni la jambe n'étaient atteints, il en déduisit que l'accident n'était probablement pas arrivé dans l'eau ou sur la plage. Il pensa que le gamin était tombé de bicyclette sur les débris d'une bouteille.

Le jeune homme bronzé, qui portait le slip rouge fané des maîtres-baigneurs, posa sa main sur l'épaule du petit garçon et le conduisit au poste d'eau extérieur. Cathy et les autres suivirent. Pendant que le garde nettoyait le sang séché, Cathy surveillait Patrick attentivement, mais le gamin ne dit mot. Le garde, apparemment, ne souhaitait pas un récit détaillé de l'accident, car il ne posa aucune question. Ils l'avaient trouvé en train de fermer le poste pour rentrer chez lui, et maintenant il ne voulait pas perdre de temps à faire plus que son devoir.

Le garde utilisa quatre tampons de gaze pour nettoyer la profonde coupure. Un autre tampon avec du désinfectant fit tressaillir Patrick, mais ne lui tira pas une syllabe. Deux carrés de gaze supplémentaires pliés en deux sur le bras et fixés au-dessous par une bande adhésive arrêtèrent le sang et mirent la blessure à l'abri de la saleté. L'opération entière avait pris moins de trois minutes, et durant ce temps, le garde avait trouvé le moyen de conserver une partie de son attention aux surfistes qui se trouvaient sur l'eau. Il referma sa trousse de premier secours et se lava les mains.

« Tu vivras.

— Merci bien », dit Sean, et Patrick, le regard fixé sur son pansement, secoua la tête en signe de gratitude. Sean entraînait déjà Patrick.

« Pas si vite, dit le garde. Il faut que je fasse un rapport. »

A ce mot sinistre, Sean jeta un regard vers Cathy.

« Un rapport ? »

Sean parlait dans le dos fortement bronzé du jeune homme, et ce qui ne lui plut pas du tout, ce fut d'entendre sa voix trembler de peur.

« Un rapport sur l'accident. »

Sean ne regarda pas Cathy une seconde fois. Il sentait que la fillette, qui n'avait rien dit au maître-baigneur, était en train de fixer les yeux dans son propre dos et attendait de lui qu'il empêche Patrick de répondre à toute question.

« Mais..., il va tout à fait bien, n'est-ce pas ? »

Le garde séchait ses mains à une serviette.

« Vous restez là pendant que je remplis les formalités. »

Cathy intervint.

« C'est mon frère, à moi aussi. »

Le jeune homme accrocha la serviette à l'échelle, et se retourna.

S'il pensa que la fillette toute mince dans la robe noire de cocktail qui pendait autour d'elle offrait un étrange spectacle, il était trop occupé pour faire des commentaires.

« Puisqu'il va bien, dit la fillette, ce n'est pas la peine de vous fatiguer à faire un rapport. On va le ramener tout de suite à la maison. »

Cathy attrapa le bras valide de Patrick et essaya de l'entraîner.

« Vous n'avez pas compris ? Je vous ai dit d'attendre. »

Le ton du garde arrêta la fillette.

« Et il vaut mieux que sa mère soit au courant. C'est elle qui vous a accompagnés à la plage, les enfants ? »

Cathy ne laissa à Patrick aucune chance de répondre.

« Notre mère est en Italie.

— Et votre père ?

— Il est avec elle.

— Qui s'occupe de vous ? »

Cathy ne se tut qu'une fraction de seconde. Elle ne regarda personne. Le jeune maître-baigneur, avec ses mèches de cheveux décolorées par le soleil qui tombaient sur son visage, observait attentivement la fillette.

Celle-ci balbutia :

« Notre baby-sitter, bien entendu.

— Elle est là, sur la plage ?

— Oui. Je veux dire : non.

— Où est-elle ?

— A la maison. »

Sean approuva.

« Alors je vais l'appeler. Quel est votre numéro ?

— C'est-à-dire qu'elle n'est pas à la maison. Pas en ce moment. »

Le garde, qui partageait son intérêt entre les enfants au pied de la tour, et l'océan, se tourna de nouveau vers les brisants; son regard balaya toute la baie, et parcourut rapidement la plage. Un petit groupe de personnes qui se tenait près de l'eau et qui regardait la barrière des vagues, attira son attention.

A leur attitude, et à leur agitation, il comprit aussitôt que quelque chose allait de travers. Il prit ses jumelles, qui étaient suspendues à l'échelle, et après avoir fait le point sur la surface de l'eau, repéra quelque chose de blanc qui flottait en face du groupe.

Il regarda de nouveau. Les verres au champ extrêmement profond lui montrèrent brièvement un corps, au moment où une vague le faisait rouler vers le rivage. La main du garde se serra sur les jumelles noires. Il les abaissa et regarda avec ses propres yeux, comme s'il ne pouvait croire à ce qu'il avait vu.

Cathy leva les yeux vers le maître-baigneur en l'entendant murmurer :

« Seigneur! un cadavre. »

Elle se retourna et ses yeux fouillèrent le

rivage dans la même direction que les jumelles.

Le garde ne prolongea pas plus longtemps son examen. A travers les verres, il vit un nouveau rouleau de vagues soulever le corps vêtu de blanc. Il savait par expérience, même avec la courte observation qu'il venait de faire, que ce corps flasque n'était pas celui d'un noyé récent, et il en éprouva un soulagement immédiat. Ce n'était pas un surfiste : rien, aujourd'hui, n'avait échappé à sa surveillance. Il respira, libéré de la crainte soudaine d'être en tort.

Les enfants virent ses jambes brunes bondir à l'échelle et grimper jusqu'à la plate-forme. Ils l'entendirent téléphoner au poste central.

« J'ai un noyé... entre Marlin et le poste. Vous prévenez le shérif, d'accord? Je vais le ramener. »

Le garde se laissa glisser du haut de la tour, il prit une couverture grise dans un coffre et abandonnant les enfants, se mit à courir d'une foulée égale vers le bas de la plage. Cathy et les autres le regardèrent s'éloigner. Sean s'écria, le premier :

« Venez! Allons voir ce qui est arrivé!

— Non! » dit sèchement Cathy.

Sean ne perdit pas de temps à discuter avec sa sœur. Il se mit à courir; ses frères puis, finalement, Cathy et Marti s'égrenèrent derrière lui sur la plage humide et se dirigèrent lentement vers le Restaurant Marlin.

Durant les fortes marées et les tempêtes, le Pacifique venait écraser ses vagues contre les pilotis du restaurant et contre sa terrasse suspendue au-dessus des vagues. Aujourd'hui, la soirée était calme, quelques touristes étaient assis au-dessus d'une mer paisible à de petites tables d'extérieur où des chandelles vacillaient à l'intérieur de lampes tempête rouges. Ces touristes, d'un certain âge, sirotaient des boissons, et grignotaient des crevettes en regardant les jeunes surfistes dans le soleil couchant.

Un serveur mexicain, vêtu d'une veste blanche empesée comme celle d'un conducteur d'autobus, arrêta près de la main courante son chariot plein d'assiettes sales, et posa son regard sur la plage, au-dessous de lui. Il vit le maître-baigneur qui courait, la petite foule de surfistes et de jeunes filles qui s'entassait au bord de l'eau. Quand les cinq enfants qui suivaient le garde furent plus près, le regard de l'homme aux cheveux noirs se posa, depuis la balustrade, sur la fillette à la robe longue et sur le gros garçon en veston de sport d'adulte qui courait de toutes ses forces pour ne pas être distancé.

Deux couples d'âge mûr qui buvaient des Martinis et qui s'extasiaient devant la beauté du soleil couchant, flânaient sur la terrasse; voyant l'expression attentive du serveur, ils regardèrent à leur tour vers la plage. Le serveur abandonna son chariot, et, s'éloignant des clients, alla jusqu'à l'extrémité de la balustrade, et se tint en observation en haut de l'escalier qui conduisait à la plage.

« Regardez », dit l'une des femmes en prenant ses lunettes dans la poche de son mari.

« Pourquoi ce maître-baigneur court-il ainsi, à votre avis ? »

Elle n'attendit pas la réponse.

« Vous avez entendu quelqu'un appeler au secours ? »

L'autre femme poussa un soupir et montra l'océan du doigt.

Les deux couples, à la balustrade, virent alors le corps vêtu de blanc qui dérivait dans les brisants et que les vagues ballottaient. Passant devant le serveur, ils gagnèrent l'escalier en se bousculant pour aller voir de plus près.

Tout en prenant soin de ne pas renverser leurs Martinis, ils se hâtèrent de descendre les marches. Sur la plage, alors qu'ils se dépêchaient en direction de la foule, les talons hauts des femmes s'enfoncèrent dans la molle humidité du sable.

Le maître-baigneur repoussa les curieux pour étendre sa couverture sur la plage, puis il entra dans l'eau.

Les cinq enfants se rangèrent derrière les adolescents et derrière des hommes et des femmes qui leur cachèrent le nageur.

Le spectacle du corps flottant sur l'eau fit descendre l'escalier du Marlin à d'autres couples. Lorsque chaque fournée de clients rejoignait les premiers, qui sirotaient leurs Martinis, et se mêlaient aux jeunes gens bronzés en maillots de bain, les éclats de voix excitées se taisaient.

Dans la foule, on entendait seulement quelques murmures.

« Il l'a! »

Le maître-baigneur appela un surfiste qui fit glisser sa planche sur l'eau. Les deux hommes, de concert, hissèrent la forme blanche et molle sur la planche et la poussèrent vers le rivage.

Cathy et les autres se frayèrent un chemin à travers la foule et parvinrent au premier rang, juste au moment où le maître-baigneur tirait la morte dans l'eau peu profonde, et la faisait glisser sur la couverture qu'il avait préparée.

Le cadavre échoua aux pieds des enfants. Un visage boursouflé, meurtri et gris-bleu au-dessus d'une blouse blanche déchirée et détrempée se tourna vers eux.

Marti, le regard posé sur la morte, ne cria pas, mais ses lèvres formèrent silencieusement le nom d'Avocados. Sean la prit contre lui et tira la petite fille en arrière à travers les rangs des spectateurs. Les garçons et Cathy tournèrent les talons.

Les deux femmes du Marlin avaient le souffle coupé, mais nombreux parmi les curieux étaient ceux qui se pressaient au premier rang et qui se posaient mutuellement des questions au sujet de la noyée.

Une femme alluma une cigarette, et se tourna vers son mari.

« Qu'est-ce qui est arrivé, d'après toi ? »

L'homme répondit avec la plus grande assurance :

« C'est encore un de ces crimes sexuels.

— Elle n'est pas très âgée, dit une fille avec des cheveux noirs et humides.

— Est-ce, est-ce que quelqu'un... a vu ce qui s'est passé ? bégaya une fille en bikini, qui tremblait de froid.

— Personne n'a rien vu, dit un surfiste. Elle est restée dans l'eau pendant un jour au moins. C'est évident, regardez : les crabes ont commencé à l'attaquer.

— Qui est-ce ? »

Le maître-baigneur, tout en enveloppant le cadavre dans la couverture grise, leva les yeux. Deux jeunes gens en slip rouge et en blouson couraient dans sa direction. Les ombres se faisaient plus profondes et le garde, mouillé, frissonna. Alors qu'il racontait à ses collègues du Poste central ce qui était arrivé, on entendit le hurlement d'une sirène de police.

Une voiture de patrouille avec une lumière rouge clignotante s'arrêta sur la route. Deux shérifs de la subdivision de Malibu se frayèrent un passage à travers la foule jusqu'aux maîtres-baigneurs et se mirent à prendre des notes dans des carnets noirs. L'un des policiers se tourna vers les gens qui se trouvaient là, sur la plage. A son air désabusé, on voyait bien qu'il n'attendait pas de réponse, mais il demanda néanmoins si quelqu'un reconnaissait la morte. Des murmures de dénégation et un retrait général des curieux le confirmèrent dans ses prévisions.

Les quatre petits Moss se tournèrent vers Cathy et la regardèrent. Lentement, la fillette les entraîna loin du cadavre, et quand ils furent hors de portée des gardes, des shérifs et des autres, elle chuchota :

« On rentre à la maison. Tout de suite. Mais rappelez-vous : il ne faut pas marcher trop vite, pour qu'ils ne nous remarquent pas. »

Cary eut une hésitation, et jeta un regard derrière lui.

« Personne ne sait que c'est elle, dit Cathy. Viens, Cary. »

Mais Cary était comme pétrifié et fixait la terrasse du Restaurant Marlin illuminée de bougies. Les autres levèrent les yeux pour voir ce qui captivait ainsi leur frère.

C'était le serveur à la veste blanche qui, penché à la balustrade de la terrasse, avait le regard fixé sur les enfants.

« C'est lui », chuchota Cary.

Pendant un laps de temps qui ne dura sans doute que quelques secondes, mais qui parut long de plusieurs minutes, le regard de l'homme brun et celui des enfants s'affrontèrent.

Cathy rompit le charme en tirant violemment Cary et en le poussant dans la direction de la maison. Les autres s'arrachèrent au regard de l'homme, et passèrent devant la tour du maître-baigneur, les rares surfistes et les filles étalées sur la plage avec leur transistor qui jouait du rock.

Quand il n'y eut plus personne, Cathy mit sa couvée au pas de course vers l'endroit qui séparait la plage de surf de la Colonie. Le souffle court, l'un après l'autre, les enfants ralentirent, puis s'arrêtèrent.

Cathy jeta un regard en arrière, vers la plage et vers la foule au-dessous du restaurant : deux hommes porteurs d'un brancard grimpaient vers le chemin où attendait une ambulance blanche, les portes de derrière ouvertes. La fillette sentit un frisson la parcourir quand elle vit l'homme quitter la balustrade du Marlin et descendre l'escalier. Elle jeta un regard à Sean qui était venu à sa hauteur. Son frère, lui aussi, vit l'Embrasseur : il se dirigeait vers eux, longeant le sable compact du bord de la plage, et sa veste blanche renvoyait les derniers rayons du soleil.

XI

LES vagues bruissantes léchaient le rivage, et c'était le seul bruit qui troublait la tranquillité du soir. Il n'y avait pas de brise pour transporter embruns ou brouillard et pour adoucir la lumière; rochers, flaques laissées par la marée, brins d'algue, empreintes de pas, galets, mouettes blanches, tout se dessinait avec netteté dans la lumière du soleil couchant.

Les petits lacs qui se forment à marée basse brillaient parmi les rochers mouillés, et reflétaient les cinq enfants en train de courir à travers la plage détrempée. Parvenus aux rochers qui servaient de démarcation entre l'endroit où l'on pratiquait le surf et la plage de sable blanc de la Colonie, les enfants s'arrêtèrent une nouvelle fois et tentèrent de retrouver leur souffle.

Ils regardèrent devant eux.

De l'autre côté des rochers, il y avait le sable bien ratissé, les villas de la Colonie, et leur maison.

Cathy jeta un regard en arrière vers la plage où l'empreinte de leurs pas avait laissé dans le sable une longue ligne de pointillés. Au loin, les bougies du Marlin brillaient toujours, de même que la lumière rouge clignotant sur la voiture du shérif, mais la foule qui entourait le cadavre au bord de l'eau était maintenant tellement loin qu'on ne la voyait presque plus.

Sean s'approcha de Cathy. Il hésita.

« Tu crois qu'il nous suit toujours?

— D'ici, je ne vois rien, répondit la fillette. Et toi? »

A part un garçon et une fille en maillot de bain qui tiraient un tout petit chien au bout d'une interminable laisse, la plage paraissait vide de tout être humain. Des mouettes glissaient dans le ciel.

« Regarde! » dit Patrick à voix basse.

Un homme venait de pénétrer dans la lumière, un homme vêtu d'une veste blanche et d'un pantalon noir.

« Venez! cria Cathy en tirant Marti par la main. Vite! »

Talonnés par la peur, ils escaladèrent tous les cinq la pente de sable mou qui aboutissait au mur du patio.

Aucun d'eux ne s'y arrêta pour se débarrasser du sable; ils entrèrent en courant dans la maison et refermèrent le panneau coulissant. Cathy verrouilla le panneau et tira les rideaux pendant que Cary et Sean se précipitaient à travers la maison et bouclaient portes et fenêtres.

Marti, que toutes ces émotions avaient rendue silencieuse, alla tout droit à la télévision et mit le son.

Pendant que la petite se mettait à regarder une émission, Patrick courut vers un coin du salon de T.V. et s'empara d'une des sagaies. Il alla ensuite aux rideaux, et par leur interstice, jeta un coup d'œil dehors.

« Tu le vois? demanda Cathy.

— Pas encore », répondit le gamin. Il s'aperçut que sa sœur regardait la sagaie et il se demanda à quoi elle allait bien pouvoir lui servir.

Le regard de Sean et de Cary, de retour des autres pièces, s'arrêta sur le petit garçon, debout, armé d'une sagaie, à côté des rideaux.

Marti, toute seule devant la télévision, paraissait indifférente, mais les autres, debout dans les reflets de l'écran, attendaient. Ce fut Cary qui, pour finir, osa formuler la question :

« Vous croyez qu'il vient ici? Ou plutôt, s'il vient ici, qu'est-ce qu'on va faire?

— Appeler la police, dit Patrick.

— Pour qu'elle nous demande où est notre

bonne ? » Cathy fixa du regard le gamin. Comment pouvait-il songer à violer leur serment ?

« Alors qu'est-ce qu'on fait ? » demanda Patrick.

Cathy feignit de réfléchir profondément et d'un geste ordonna qu'on ne la dérange pas : c'était une façon de se trouver un alibi et d'ignorer la question de son frère.

Sean se tourna vers Patrick, à côté des rideaux.

« Tu le vois, dehors ?

— Toujours pas. »

Dans le crépuscule qui s'épaississait, le point rouge d'une cigarette brilla, mais il était trop faible pour que Patrick le remarque. Debout sur la plage mouillée, tout près du murmure des vagues, l'Embrasseur observait la maison.

Patrick lâcha le rideau et se dirigea vers la télévision. Il laissa tomber la sagaie à côté de lui sur la moquette, et se mit à plat ventre. Sean retrouva sa peau de zèbre, et Cathy prit place dans le fauteuil. La peur devant laquelle les enfants avaient fermé toutes les portes — quelle que fût la personne qui se trouvait de l'autre côté des rideaux sur la plage — fut chassée par les aventures burlesques d'une bande de naufragés.

Cathy ouvrit le magazine de T.V. et annonça l'émission suivante :

« Science-fiction : l'homme de demain. »

La vie redevenait normale.

A l'extérieur du patio dallé, la lueur de la cigarette disparut dans le feuillage qui recouvrait tout un côté de la maison.

Contrairement à la comédie qui avait empli le salon d'éclats de rire, la science-fiction s'accompagnait seulement d'une musique stridente. Les enfants devinèrent qu'on allait parler de voyages dans l'espace. L'histoire se déroulait rapidement : en remontant le temps et l'espace, une créature du futur était tombée amoureuse d'une jeune fille avec de jolis yeux, des cheveux soyeux et vêtue à la dernière mode. Pour la plus grande horreur du public — et avec une secrète répulsion de la part de l'héroïne — chaque fois que l'homme du futur se mettait en colère, il se métamorphosait, sous les yeux des enfants, en un monstre aux crocs dégoulinant de bave et au visage congestionné, et poussait le plus terrifiant des cris supersoniques.

Ce sujet inhabituel, la conduite étrange de cet adulte aux réactions apparemment prévisibles, captiva les enfants. Ils étaient capables tous les cinq d'accepter des gangsters, des fantômes et des monstres, mais la transformation soudaine, en quelque chose d'insensé et d'incontrôlable, d'une personne qu'ils pouvaient rencontrer dans leur propre vie, les laissait sans parole. Leur silence total en disait plus long sur leur frayeur que n'importe quelle phrase qu'ils auraient pu prononcer.

Cary lui-même ne songea pas un instant à abandonner l'émission pour aller faire un tour à la cuisine.

Patrick, sans prévenir, poussa un cri de guerre qui déchira le silence : il sauta sur ses pieds et brandit la sagaie en direction du monstre. La tension longtemps contenue fut libérée d'un seul coup. Les enfants, en chœur, hurlèrent leur haine contre le monstre. Leurs cris, leurs éclats de rire moqueurs, avaient quelque chose d'hystérique et il fallut pour qu'ils s'apaisent que Marti éclate brusquement en sanglots.

Dehors, Coccinelle aboya.

Les enfants, à l'exception de la petite Marti, se regardèrent d'abord les uns les autres dans la lumière de l'écran, puis tournèrent les yeux vers la fenêtre obstruée de rideaux.

« Baissez le son », dit Cathy.

Fureur de Marti :

« Non! Non! Non! Non! »

Cathy fit signe à Cary de tourner le bouton.

« Non! »

Marti, en pleurs, courut vers sa sœur et se mit à la rouer de coups de poing.

Sean se leva, poussa au maximum la puissance de son appareil acoustique, et se mit à écouter.

« Taisez-vous.

— Tu entends quelque chose? » demanda Patrick.

Sean fit oui de la tête.

Derrière ses lunettes, les yeux de Cary s'agrandirent.

« C'est lui ?

— Il y a quelqu'un dehors. »

Tous les quatre, ils virent Patrick aller sur la pointe des pieds jusqu'aux rideaux.

« Je vais voir...

— Non », chuchota Cathy.

Le panneau vitré fut secoué de l'extérieur.

Marti, qui pleurait à grosses larmes, cacha son visage dans ses mains. Les autres se mirent sur pied et, se faisant tout petits, reculèrent loin des rideaux à l'autre bout de la pièce.

Puis ils restèrent là, sans parler, pendant que le monstre de l'espace continuait à s'agiter sur l'écran.

Ils entendirent une fenêtre s'ouvrir dans la chambre de bonne.

« Qu'est-ce qu'on fait ? pleurnicha Cary.

— Servez-vous du téléphone! cria Patrick. Si vous ne voulez pas, c'est moi qui vais le faire.

— Appelez Miss Nevins, supplia Cary en larmes.

— Chut! »

L'accent désespéré de Cathy arrêta les garçons dans leur mouvement vers le bureau. Glacés, les cinq enfants entendirent s'ouvrir la porte de la chambre.

Ils s'efforcèrent de percevoir le moindre son à l'intérieur de la maison, mais le fond de musique spatiale couvrait sans doute le bruit des pas sur le tapis du hall. Est-ce que l'Embrasseur, à cet instant précis, était en route vers eux?

Sans qu'il y ait eu un seul bruit, ce qu'ils redoutaient arriva. Alors que la musique spatiale faisait entendre d'étranges vibrations, l'homme à la veste blanche se dressa sur le seuil. Il ne fit pas un geste, mais son œil unique se posa sur les enfants. Puis il avança d'un pas et, d'un mouvement rapide, retira la sagaie de la main de Patrick. Le bras du gamin, impuissant, retomba à son côté. L'homme traversa la pièce avec la sagaie, cassa en deux le manche de bois et jeta les morceaux dans la cheminée. Puis il se retourna et examina le visage des enfants.

Ils étaient serrés les uns contre les autres, et aucun d'eux n'osait bouger.

L'homme passa la main sur le velours à côtes du canapé et effleura la peau de zèbre, puis il détourna son regard des enfants et le promena lentement dans la pièce. Ses yeux s'arrêtèrent un instant sur l'armoire à fusils, puis continuèrent leur mouvement. L'homme passa devant le récepteur de télévision sans même jeter un coup d'œil à l'écran. Brusquement, son œil noir se posa sur les cinq enfants à la fois. Tout aussi brusquement, il se dirigea vers la porte à claire-voie et, sans un mot, sortit de la pièce.

Cathy et Sean suivirent l'Embrasseur.

Les trois autres se glissèrent, coude à coude, jusqu'à la porte de la cuisine, dans le hall faiblement éclairé où se trouvaient déjà leur frère et leur sœur.

Dans la lumière blanche et crue du néon, le serveur retira sa veste blanche, son nœud papillon, et les jeta sur la tablette en matière plastique. Il ouvrit la porte du réfrigérateur géant; la lumière intérieure entoura sa silhouette d'un halo. Sans sa veste avantageuse et empesée, l'homme avait les épaules étroites, mais il n'en conservait pas moins ses gestes de boxeur, et on comprenait aussitôt, à le voir explorer, l'air affamé, les placards de la cuisine et le réfrigérateur de la famille Moss, qu'un être primitif avait pénétré dans la maison. Sans même jeter un coup d'œil aux enfants qui se tenaient sur le seuil, il prit une bouteille de bière danoise, un paquet de Bologna et claqua l'immense porte blanche avec un bruit sourd.

Les enfants sursautèrent comme si on avait tiré un coup de feu.

Lissant sa fine moustache, l'Embrasseur se tourna vers les placards et partit à le recherche de moutarde et de pain. Allongeant le bras jusqu'au fond des étagères, il sortit plusieurs petits pots et des flacons avec une étiquette en langue étrangère. Il parut intrigué. Il choisit une petite bouteille qui était pleine de bourgeons verts tout recroquevillés, de la taille d'un petit pois. Avec un ouvre-bouteille, il fit sauter la capsule, plongea ses doigts à l'intérieur et pêcha l'une des boulettes qu'il déposa sur le bout de la langue. Il recracha aussitôt le condiment épicé et jeta un regard furieux aux enfants, comme s'ils avaient été responsables de sa déconvenue.

Les cinq enfants virent l'Embrasseur maudire la bouteille, puis se diriger vers l'évier et vider les boules vertes dans le broyeur à ordures.

Il s'empara d'une petite boîte de conserve ovale et la poussa contre l'ouvre-boîtes électrique. Le moteur ronfla, et le couvercle, en tombant, découvrit une pâte sombre et graisseuse dans laquelle l'Embrasseur enfonça un doigt prudent. Une seule bouchée lui suffit. Il jeta la boîte dans l'évier, prit la bouteille de bière, plaça la capsule métallique contre le rebord de la machine à laver la vaisselle, puis donna à la capsule un coup sec du plat de la main. La capsule sauta en l'air, et la bière jaillit en moussant de la bouteille ouverte. Il but une longue gorgée, puis essuya sa fine moustache, étala une tranche de Bologna et de la moutarde entre deux tranches de pain, et bouscula, pour sortir, les cinq enfants qui se tenaient dans l'embrasure de la porte et qui refluèrent devant lui en désordre.

Cathy et ses frères, ne sachant que faire, se groupèrent dans le hall et virent l'homme errer de pièce en pièce à travers la maison. Quand il sortit de la chambre de bonne, ils remarquèrent qu'il enfermait quelques dollars dans son portefeuille. Il jeta un coup d'œil dans le living-room encore en ordre. Sa bière à la main, il grimpa l'escalier, et les enfants, depuis le hall obscur, l'entendirent aller et venir au-dessus de leurs têtes. Des portes s'ouvrirent et se fermèrent.

Quand il redescendit lentement l'escalier, ils osèrent à peine le regarder, mais le suivirent dans le salon. Il jeta un coup d'œil circulaire, alla jusqu'au bureau, s'assit dans le fauteuil de cuir, et se tourna vers l'armoire à fusils. L'œil fixé sur les armes, à travers la vitre grillagée, il essaya d'ouvrir la porte.

« Où est la clef? »

Aucun des enfants ne répondit.

« Je veux la clef!

— Vous n'avez rien à faire ici! » cria Sean.

L'Embrasseur eut un sourire.

« Vous êtes tout seuls. Il faut bien que quelqu'un s'occupe de vous. »

Il tendit la main, attendant la clef.

Cathy prit le relais.

« Papa ne veut pas nous dire où elle est. »

L'Embrasseur haussa les épaules, ouvrit le premier tiroir du bureau, et méthodiquement, jetant un coup d'œil aux papiers, examinant les objets, en vida le contenu. Il fit jaillir la flamme d'un briquet en argent.

A l'autre bout de la pièce, les enfants ne perdaient aucun de ses gestes. Lorsqu'il glissa le briquet dans sa poche, Cathy commença à dire quelque chose, mais les yeux de l'homme rencontrèrent les siens, et elle retint la plainte qu'elle allait formuler.

Les mains de l'homme explorèrent les côtés et le fond du tiroir.

« Apporte-moi une autre bière. Toi. »

Son doigt désignait Cathy. La fillette hésita, puis elle rejeta ses cheveux en arrière et fila vers la cuisine. Quand elle fut de retour, elle décapsula la bouteille et la tendit à l'homme dont les doigts caressaient le bois de l'armoire. Il se leva. Il prit l'Oscar sur le manteau de la cheminée et regarda le dessous de la statue. Il examina de si près les photographies encadrées que son souffle embua le verre. Il retourna l'écrin du *Purple Heart* et laissa échapper un ah! de satisfaction en découvrant la clef fixée au dos de l'écrin par un ruban adhésif.

Avec une sorte de respect, il souleva de son logement le fusil Franchi et le tourna sous tous les angles pour faire tomber la lumière sur la crosse gravée. Il l'examina de près et fit courir un doigt sur le métal bleui. Dans le fond de l'armoire, il prit une trousse de nettoyage.

Assis sur le canapé, le Franchi en travers des genoux, il jeta à peine un coup d'œil aux galeries étincelantes d'une station spatiale qu'on voyait sur l'écran. Il fit basculer le canon, regarda à l'intérieur, et passa à l'une des extrémités une baguette de nettoyage. Patrick fut le premier à se couler à portée de l'écran de télévision. Gardant prudemment un œil sur l'homme, il s'accroupit lentement devant le récepteur. Au-dessus de lui, l'homme buvait à la bouteille avec bruit et nettoyait toujours le fusil.

Marti, avec beaucoup moins de discrétion, alla reprendre sa position favorite sur la moquette et se laissa tomber sur son derrière moulé d'une culotte rouge. Sean se glissa derrière le dos du canapé et alla s'asseoir dans le fauteuil du bureau. Cathy et Cary, plus audacieux maintenant que les autres avaient pris le risque de pénétrer dans le cercle de lumière, s'assirent sur le canapé, à moins de deux coussins de l'Embrasseur.

Le fauteuil de Cathy resta vide.

L'homme, visiblement accaparé par le fusil, ignorait les enfants.

Une annonce publicitaire rompit le charme : l'homme, sur le canapé, allongea le bras vers le boîtier de commande et fit disparaître l'annonce.

Un orchestre mariachi coiffé de sombreros chantait d'une manière déchirante, à la mexicaine.

L'Embrasseur se renversa en arrière, but une longue gorgée de bière, et, sans se baisser pour dénouer les lacets, retira chacune de ses chaussures avec la pointe de l'autre.

Jetant un regard furieux à l'intrus, Patrick, instinctivement, saisit le boîtier, et remit l'émission de science-fiction.

« Y a plus de... », commença-t-il à dire, mais la main de l'homme jaillit et atteignit Patrick sur le côté de la tête. Le coup fut assez fort pour l'envoyer rouler sur le sol où le gamin se mit à étouffer des cris de douleur et de rage.

L'Embrasseur, en chaussettes noires, avec des trous au talon, tenait le fusil et regardait les enfants, l'œil fixé à tour de rôle sur chacun d'eux. Son silence exprimait clairement que quiconque l'ennuierait pouvait s'attendre à subir le même sort.

Ils le virent tous les quatre caresser le canon, s'asseoir et achever la bouteille de bière.

Cathy et Cary quittèrent le canapé et vinrent s'agenouiller à côté de Patrick qui gémissait. Lentement, avec des regards méfiants dans la direction de l'homme, ils tirèrent leur frère à l'extérieur de la pièce.

Dans la cuisine, Cathy essuya les pleurs du petit à l'aide d'une serviette humide. Lorsque ses sanglots s'espacèrent et qu'il cessa de trembler, Patrick pleurnicha :

« Cathy, il m'a vraiment fichu un sacré coup. »

Sean se tenait à la porte de la cuisine, sa main dans celle de Marti.

« On ferait mieux de le laisser là tout seul et d'aller au lit.

— En haut ? chuchota Patrick effrayé.

— Peut-être que si on le laisse tout seul, il s'en ira. »

C'était Cary qui exprimait ainsi, à haute voix, le désir ardent de chacun. Ils furent d'accord : s'ils laissaient l'Embrasseur tout seul, et montaient se coucher, au matin tout serait différent. Demain, quand ils s'éveilleraient, l'intrus ne serait plus là.

Ils montèrent l'escalier à moquette munis de biscuits, de boissons sucrées et de viande froide. Ils mangèrent en silence dans la chambre de Cathy. Marti creusa des trous dans une tranche molle de Bologna, en recouvrit son visage, et se mit à examiner les autres derrière le masque de viande rose. Patrick lui donna une tape sur la main.

Cathy était assise dans un fauteuil de toile avec le mot DIRECTOR écrit en travers du dossier, et, quand ils eurent tout mangé, elle annonça, comme si elle avait voulu trouver quelque chose de normal à leur situation présente, qu'il était l'heure d'aller au lit.

« Si vous voulez, vous pouvez tous dormir dans ma chambre... »

Cary proposa de se servir des sacs de couchage, et, pendant qu'ils allaient les chercher en courant, Marti s'attarda auprès de Cathy. La petite leva les yeux vers sa sœur :

« Je peux dormir dans ton lit ? »

L'aînée n'avait pas eu le temps de répondre que

Marti s'engouffrait déjà dans le lit, qui n'avait pas servi les deux nuits précédentes.

Dans la chambre de Cathy dont la porte était fermée à clef, les deux fillettes se partagèrent le lit, et les garçons s'étendirent sur le sol dans leur sac de couchage. Personne n'éteignit la lumière.

Marti, qui s'était endormie tout de suite, se blottit contre sa sœur. La petite eut des sursauts et des gémissements jusqu'au moment où elle sombra dans un sommeil plus profond et où Cathy sentit le petit corps tendu se relâcher. Cathy, à côté d'elle, demeura longtemps éveillée et entendit la musique espagnole monter l'escalier. Finalement, elle s'endormit.

A deux reprises, durant la nuit, Marti éveilla sa sœur avec de légers cris de détresse. L'aînée des deux fillettes caressa les cheveux de Marti et l'apaisa en chuchotant :

« Tout va aller bien maintenant. »

Mais elle avait bien peur que ce ne soit un mensonge.

XII

Un brillant soleil matinal inonda la chambre de Cathy et éveilla l'un après l'autre les enfants. Puis la soirée précédente leur revint à l'esprit. En peloton, Cathy en tête, ils sortirent à pas de loup de la chambre, et prirent position sur le palier. Pendant un long moment, aucun d'eux ne manifesta la moindre velléité de descendre.

« Vous entendez quelque chose ? » demanda Cathy.

Les enfants essayèrent de saisir le plus léger bruit qui pouvait déceler la présence de l'Embrasseur, en bas... Mais ils n'entendirent que celui de leur propre respiration : le silence emplissait la maison.

Ce fut Patrick qui se risqua à descendre la première marche. A mi-chemin, il se retourna vers les autres.

« On n'entend pas la télé.

— Peut-être qu'il l'a éteinte, chuchota Sean.

— Il est parti! » lança Cary.

Ce cri d'espoir leur insuffla soudain une bouffée de courage, et Cathy bouscula Patrick pour être la première à descendre.

Avant d'entrer dans le salon, elle prit une profonde aspiration, et, pendant que les autres s'agglutinaient devant la porte, elle se mit à inspecter l'intérieur de la pièce. L'écran de télévision était blanc et froid, et répandait la lueur scintillante d'une mire. Patrick trébucha sur une boîte de bière vide, l'une des six qui traînaient sur la moquette.

« Vous voyez? Il est vraiment parti », dit Cary.

Patrick alla regarder l'armoire à fusils dont la porte était demeurée ouverte.

« Il a emporté les armes de papa!

— Va voir dans la cuisine! » chuchota Cathy.

Patrick fila sans un bruit à travers le hall.

« Il n'y est pas », annonça-t-il ensuite en revenant au salon de T.V. où Marti passait d'une chaîne à l'autre pour trouver un dessin animé.

Sean tira les rideaux et regarda la plage; autour de son château de sable, l'étudiant avait fait faire à son tracteur un large détour en arc de cercle. Le reste de la plage était vide, blanc et chaud sous le soleil d'août. Dans le sable soigneusement ratissé, on ne voyait pas une seule empreinte de pas.

« Il n'est pas passé par là », dit Sean.

Cary continuait à pousser des cris de victoire :

« Je vous dis qu'il est parti!

— Pas si fort, intervint Cathy. D'abord, il faut qu'on en soit absolument sûrs. Venez! »

Cathy prit la tête de l'expédition, qui partit du salon et fit l'exploration de toute la maison. Lorsque le living-room eut révélé qu'il ne dissimulait personne, ils firent halte dans le hall obscur. Cary montra une porte du doigt.

« Vous croyez qu'il est dans *sa* chambre ? »

Patrick précéda ses quatre frères et sœurs, mais ce fut Cathy qui, lentement, ouvrit la porte.

Alignées sur le dessus de lit de satin rose, les armes luisaient sous une légère couche d'huile de machine. Les boîtes de cartouches étaient empilées sur la table de nuit. Tout à côté des armes, se trouvait, dans son étui, l'appareil photographique de leur père. Patrick chuchota :

« Regardez! Il a trouvé l'appareil de papa! »

Et, à reculons, ils sortirent de la chambre.

« Tu as regardé dans la salle de bain ? » demanda Cathy à Cary.

A la porte de la salle de bain, le garçonnet secoua la tête :

« Est-ce qu'il y a un endroit où on n'a pas regardé ?

— En haut, dit Sean.

— On en vient, répondit Cathy avec lassitude.

— La chambre de papa et de Paula, lui rappela Sean. On n'a pas regardé là. »

A la suite de Cathy, ils montèrent au second, et s'arrêtèrent devant la porte de la chambre.

« Allez-y, dit Patrick. Ouvrez.

— Chut, souffla Cathy. Ça se pourrait bien qu'il soit là. »

La fillette tendit la main vers la poignée et ouvrit la porte. Les autres, qui se pressaient derrière elle, la poussèrent à l'intérieur de la pièce. Cathy étouffa un cri.

L'Embrasseur était étalé tout de son long en travers du lit immense, dont le dessus en lamé bleu avait glissé par terre. Le drap en satin, et du même bleu, était enroulé autour du corps de l'intrus qui dormait, sa tête brune à demi recouverte par un oreiller également en satin. Entre la porte et le lit, des chaussures noires et des chaussettes, un pantalon noir, s'entassaient en désordre sur la moquette bleue. Une bouteille de bière vide sur la table de nuit parachevait le sacrilège commis à l'encontre du père et de la mère des enfants.

Silencieusement, ils firent retraite tous les cinq sur le palier, refermèrent la porte de la chambre à coucher, et dégringolèrent l'escalier jusqu'à la cuisine.

Les enfants prirent leur déjeuner sans parler : une bouchée de biscuits au chocolat, une poignée de céréales, un verre de jus d'orange, ou de lait.

Sean, levant les yeux de son gâteau de riz, fut le premier à dire quelque chose.

« Il faut le faire partir d'ici. »

Marti approuva tout en faisant tremper un morceau de Bologna rose dans son verre de lait.

« Appelez la police, dit Patrick sur un ton de commandement.

— Fiche-nous la paix! Tu répètes toujours la même chose! »

Cathy claqua la porte du réfrigérateur.

« On a juré. On a le droit d'appeler personne!

— Taisez-vous! »

Sean, avec une grimace, pointa son doigt vers le plafond.

« Vous voulez le réveiller?

— Alors, chuchotait Cary en étalant sur un biscuit une épaisse couche de beurre de cacahuètes, il n'y a rien à faire.

— Si! on peut faire quelque chose! »

Patrick était si impatient de dire son plan qu'il ne tenait plus en place.

« Je sais ce qu'on va faire, je le sais!

— Baisse la voix, prévint Cathy.

— Laissez-moi vous le dire!

— Bon, d'accord, puisque tu es si malin! dit sèchement Cathy.

— On va lui faire exactement ce qu'on a fait à...

— Chut! »

L'expression de Cathy attira leur attention vers la porte.

Marti, au premier coup d'œil, renversa son lait.

Les autres, qui s'étaient retournés, virent l'Embrasseur debout, devant eux. D'une main, l'homme se grattait la tête et de l'autre, il tenait une cigarette. Il portait les mules en cuir souple de leur père, et il avait noué autour de sa taille la ceinture d'une robe de chambre en laine bouclée ultra-épaisse, avec un double M brodé en or sur la poche de poitrine. La robe de chambre pendait vaguement de ses épaules étroites, et était ouverte au-dessous de la ceinture. Marti, tout en frottant la tache de lait sur son tricot de velours rouge, regardait, comme hypnotisée, les caleçons courts de l'homme. Ce dernier se fraya un chemin parmi les enfants silencieux, et traîna les mules de leur père sur le sol poisseux en direction du réfrigérateur.

Il en sortit un Coca. Dans le placard, il prit une poche de flocons d'avoine grillés, puis s'en alla faire claquer ses mules dans le hall où le bruit de ses pas fut finalement étouffé par la moquette du salon de T.V.

Même avec le son de la télévision qui emplissait la pièce, l'Embrasseur fut le premier à réagir quand des bruits de pas se firent entendre sur le côté de la maison. Enveloppant les enfants d'un regard, il leva la main pour leur intimer l'ordre, à tous les cinq, de ne rien dire et de ne pas bouger.

Les clochettes indiennes, au bout de leur lanière de cuir, tintèrent à la porte de devant.

« Ça doit être le facteur », dit Cathy d'une voix égale.

Marti se précipita dans le hall, et se mit à cogner à la fenêtre.

« Arrêtez-la! » chuchota le Mexicain.

Mais la petite faisait de grands gestes de la main.

« Il a un paquet pour nous, un paquet de maman et de papa!

— C'est le courrier? » L'Embrasseur regardait fixement Cathy. « Mais c'est dimanche.

— Distribution spéciale », dit Cary debout contre la porte à claire-voie.

Les clochettes de cuivre tintèrent une nouvelle fois.

« N'ouvrez pas la porte! dit l'homme d'une voix étouffée.

— Il a vu Marti », chuchota Cathy.

L'Embrasseur attrapa la petite, la fit taire et de nouveau signifia aux quatre autres de rester où ils étaient. Il réfléchit à ce qu'il allait faire. Finalement, il recula dans l'obscurité avec Marti, et, d'un signe de tête, ordonna à Cathy d'ouvrir la porte. La fillette, sentant que les yeux de l'intrus suivaient chacun de ses gestes, posa sa main sur la poignée.

Marti, terrifiée, ferma les yeux. Sean rongeait

ses ongles. Patrick chuchota à Cary, qui était le plus proche de lui :

« Et s'il nous dénonce ? »

Le gros garçon tendit la main et l'appuya sur la bouche de son demi-frère.

Cathy ouvrit la porte et sortit sous le porche, dans la lumière du soleil. L'Embrasseur, d'un bond, alla se placer derrière la porte ouverte : de là, il pouvait entendre tout ce que disaient la fillette et le facteur. Derrière lui, pendant que le facteur et Cathy parlaient ensemble, les enfants demeurèrent immobiles dans l'ombre du hall. Puis il y eut un bruit de pas qui s'éloignait, et Cathy eut à peine quitté la lumière du dehors que l'Embrasseur referma la porte, et donna un tour de clef. Il écouta les pas du facteur jusqu'à ce qu'ils atteignent la clôture. Dans le hall, personne ne dit un mot, personne ne fit un geste jusqu'à ce qu'on entende la camionnette de la poste démarrer et s'éloigner.

« C'est de maman et de papa », s'écria Marti.

L'Embrasseur prit le paquet des mains de Cathy et regarda d'où il venait : Italie. Il secoua la tête, puis déchira rapidement l'emballage et la garniture intérieure. Il tourna et retourna la bobine en la regardant de près; puis il leva les yeux vers Sean.

« C'est une lettre en vidéo », dit le gamin. Et il ajouta : « Je vais vous montrer », en allongeant doucement la main pour prendre la bobine et la retirer des mains de l'Embrasseur.

L'homme et les enfants entrèrent à la queue leu leu dans le salon, où Sean plaça l'enregistrement dans le magnétoscope.

Il manipula l'appareil et l'image en noir et blanc de Marty et de Paula Moss surgit sur l'écran. Marty leur adressait un joyeux bonjour d'Italie. Puis Paula prit la parole, d'une voix maternelle qui attira Marti tout contre l'image.

« Comment vont tous mes chéris aujourd'hui ? Est-ce qu'ils profitent bien de la fin de l'été ? Bien sûr, ils en profitent. »

Marty Moss retira son cigare de sa bouche et dit aux cinq enfants combien ils lui manquaient.

« Votre mère et moi-même, nous allons tâcher de monter au lac de Côme faire un peu de ski nautique. Sean, va chercher l'Atlas et montre à tes frères et sœurs où se trouve le lac de Côme... »

Paula parla du film qu'ils étaient en train de tourner, et avoua qu'elle avait le trac.

« De plus, ajouta-t-elle en confidence, on a dépassé le devis, et vous savez ce que cela veut dire.

— Votre père et votre mère ? » demanda l'Embrasseur.

Cathy fit oui de la tête.

« Où sont-ils en ce moment ?

— En Italie.

— Ils reviennent quand?

— Demain. »

Cathy avait été trop prompte à mentir, et elle sentit qu'elle devait ajouter quelques détails pour rendre le mensonge plausible.

« A neuf heures. Neuf heures du matin. »

Les autres enfants vinrent à son aide en assurant que leurs parents — comme leur sœur venait de le dire — seraient là le lendemain matin.

« Peut-être même ce soir », ajouta Cary.

Les yeux de l'Embrasseur se reportèrent sur l'image. Il s'approcha du haut-parleur comme s'il essayait de déceler quelque sens caché dans le monologue de la blonde Paula Moss. Celle-ci, vêtue d'un chandail sans manches, très ajusté, continuait son bavardage.

« Je veux que chacun de vous se repose comme il faut. Faites exactement tout ce que vous dit Avocados... »

Le Mexicain jeta un regard aux enfants qui retenaient leur souffle. Il singea la voix de leur mère :

« Faites exactement tout ce que vous dit Avocados. »

Son rire, amer, paraissait les accuser. La voix de Paula poursuivait :

« ... Cary, rappelle-toi que, lorsque tu triches avec ton régime, tu ne fais que tricher avec toi-même. »

La main de Marty Moss vint encore s'agiter devant l'image de Paula.

« Les enfants, on se reverra dans quelques semaines. »

L'Embrasseur se tourna vers eux.

« Vous entendez ce qu'a dit votre père ? Quelques semaines. Là, à l'instant. Quelques semaines ? Pourquoi mentez-vous ? »

Marty Moss parlait encore.

« Pour l'instant, nous vous disons au revoir. Vous nous manquez tous beaucoup à votre maman et à moi. Un gros baiser. »

L'enregistrement était terminé. Le petit écran redevint sombre. Marti se précipita vers l'appareil en criant.

« Sean. Encore une fois! S'il te plaît! J'veux voir papa. »

L'Embrasseur se redressa, et secoua la tête comme si ce qu'il avait vu était à peine croyable. Les quatre enfants suivaient chacun de ses gestes, et, de son côté, il ne les quittait pas des yeux.

« Quelques semaines... »

Il attendait un démenti de la part de la fillette qui paraissait être leur chef. Dans son regard, il y avait comme une menace ou un défi.

« Est-ce que vous avez encore quelques salades à me raconter ? Quelques histoires au sujet du retour de votre père et de votre mère demain matin ? »

L'Embrasseur s'empara du boîtier de contrôle de la télévision. Il était sur le point de remonter le son lorsque son sourire s'évanouit.

« Sortez tous d'ici! »

Les enfants le regardèrent, incrédules.

Le regard de l'homme aux cheveux noirs s'abaissa vers Marti; celle-ci était comme hypnotisée par les caleçons pas très propres du Mexicain. L'homme ramena sur ses jambes les pans de la robe de chambre, et, levant un bras comme pour les balayer tous les cinq de la pièce, cria aux enfants :

« Je vous ai dit de sortir d'ici! »

Patrick fit glisser le panneau vitré, et ils sortirent tous les cinq dans le patio.

Sean sauta par-dessus le mur et courut vers les fortifications et les tours de son château. Cathy revint jeter un coup d'œil à travers la baie, mais l'Embrasseur avait verrouillé le châssis et tiré les rideaux.

Les quatre enfants abandonnèrent le dallage du patio, et se mirent en route dans le sable brûlant.

Dans le château, aucun d'eux ne parla.

Ils attendaient tous les quatre que Sean leur dise ce qu'ils avaient à faire. Leurs ombres recouvraient le garçon qui, à genoux, était en train d'enfoncer des rangées de bâtons d'*ice-cream* dans un endroit bien plat et entouré d'un mur.

Cathy rompit le silence :

« C'est un cimetière, déclara-t-elle.
— Les jolies tombes! s'exclama Patrick.
— Pour que ça fasse plus vrai, dit la fillette, il faudrait qu'on enterre quelque chose. »
Sean ne répondit rien. L'existence de son cimetière n'avait nul besoin d'être matérialisée, mais la fillette attira Cary tout près d'elle et chuchota quelque chose à son oreille. Son frère acquiesça et courut dans la direction des rochers. Moins d'une minute après, il était de retour avec un crabe tout frétillant.
« Voilà, annonça-t-il. Enterrez-le.
— Il n'est pas mort, dit Sean.
— Ça ne va pas tarder. »
Patrick s'empara du crabe qui gigotait et le tint par sa carapace. Il creva les yeux du crustacé dont les pinces s'agitaient désespérément. Il enfonça un bâton pointu, par-devant, dans ce qu'il jugea être sa tête.
« Voilà », dit-il en offrant le cadavre à son frère.
Ce dernier creusa le sable et déposa le crabe mort dans le trou.
Un bâton d'*ice-cream* marqua l'endroit où reposait le cadavre.
« A la télé, fit remarquer Cathy, quand ils enterrent quelqu'un, ils disent toujours quelque chose. »
Sous un ciel balayé par le vent, des hommes de haute taille vêtus de noir et des femmes coiffées

de bonnets se tenaient debout devant une tombe ouverte. Un cheval attelé à un corbillard noir se mit à hennir.

Cary retira un chapeau imaginaire et fit semblant de le tenir contre sa poitrine.

« Quelques mots à l'intention de notre ami disparu. »

Sa solennité fut emportée par les éclats de rire.

Le long de la plage dominicale de Malibu, il y avait d'autres enfants qui jouaient dans le sable en face de chez eux, mais aucun de ces châteaux plus récents n'égalait celui de Sean. De temps à autre, les petits Moss entendaient se rapprocher les cris des gamins en train de jouer. Des adultes venaient admirer le château, mais les enfants se trouvaient dans leur propre univers où ils travaillaient côte à côte, et les curieux ne tardaient pas à s'éloigner. Le temps passait, et le seul bruit qu'on entendait dans le château était le tapotement de leurs mains contre le sable humide des murs.

Un morceau se détacha du toit du donjon.

Cary poussa un cri à l'adresse de Patrick.

« Tu as donné un coup dedans, imbécile!

— C'est pas vrai!

— Sean, je l'ai vu! » cria Cary derechef.

Les poings de Patrick se serrèrent.

« Tu veux qu'on en discute? »

Cary fit un pas en arrière, tout en ramassant une poignée de sable. Sean retint son gros frère.

« Jette ce sable, ou je ne laisse plus jamais un seul d'entre vous remettre les pieds ici!

— Flanque-le à la porte tout de suite! » hurla Patrick. »

Cathy cria à Cary qui tenait toujours le sable :

« Jette! »

Cary, abandonné de tous, haussa les épaules. Il desserra la main et laissa couler le sable à travers ses doigts. Sean se remit au travail et répara les dégâts avec l'eau de mer. Ses deux plus jeunes frères continuèrent leur dispute à coups de regards courroucés et de grimaces.

« Je voudrais que l'Embrasseur soit écrabouillé par quelque chose », dit Sean brusquement, et il y avait dans sa voix une insensibilité que ses frères et ses sœurs ne lui connaissaient pas.

« Qui est l'Embrasseur? »

Cathy frissonna.

Au son de cette voix d'homme à l'extérieur du château, tous les petits Moss se turent dans un silence effrayé et s'arrêtèrent de tasser les murs. Les mains emplies de sable et les seaux prêts à déverser l'eau de mer, tout se figea. Cathy fut la première à regarder par-dessus le mur et vit deux personnes qui leur souriaient de toute leur hauteur. C'étaient des acteurs de cinéma. L'homme était profondément bronzé et, à l'exception de l'étroit morceau d'étoffe du bikini, chaque partie de son corps musclé luisait d'huile solaire. Une médaille d'or brillait à son cou. La femme portait un maillot deux-pièces de la même couleur que celui de l'homme. Cathy la reconnut comme la petite amie de l'acteur : ils étaient venus tous les deux à Malibu alors que l'homme travaillait dans un des films de son père.

L'homme répéta, avec un large sourire de ses dents très blanches :

« Alors ? Qui est l'Embrasseur ?

— C'est le roi de notre château. Il habite ici, mais c'est un mauvais roi, et Sean n'a pas le droit de parler de lui.

— Bien sûr, Cathy. »

L'acteur s'agenouilla, se tourna vers sa compagne, et lui fit un clin d'œil.

La jeune femme s'approcha pour examiner leur travail et dit avec cette sollicitude inévitable des adultes dont Cathy se méfiait toujours :

« Est-ce que vous avez construit tout cela vous-mêmes ? »

Cathy ne daigna pas lui répondre.

Le jeune acteur passait un peigne dans ses cheveux.

« Quand Marty sera-t-il de retour d'Italie ?

— Bientôt.

— Ça vous ennnuierait qu'on se baigne sur votre plage ? »

Cathy faillit répondre oui. Elle savait que son père décourageait les visiteurs occasionnels qui faisaient partie du monde du cinéma mais qui n'étaient pas aussi importants que lui. Elle ne dit rien et, leur tournant le dos, se mit à aplanir un mur de sable.

La jeune femme s'agenouilla et les regarda travailler; au bout d'un moment, elle s'adressa directement à Cathy :

« Est-ce que je peux me servir de votre salle de bain pour me changer? »

Les enfants interrompirent de nouveau leur construction; il regardèrent tour à tour la jeune femme, et leur sœur. Cathy savait qu'elle devait se débarrasser de ces étrangers, mais par quel moyen? Ce fut Sean qui, escaladant le rempart, affronta le jeune couple bronzé.

« On n'a pas le droit de laisser entrer des étrangers dans la maison.

— Mais vous nous connaissez », dit le jeune homme.

Trouvant sa réponse dans ce qu'avait dit Sean, la fillette au nez brûlé par le soleil se joignit à son frère et fit front avec lui :

« Vous travaillez pour mon père, c'est tout. Vous n'êtes pas des amis, et c'est seulement les amis qui ont le droit de venir sans être invités et d'ailleurs cette plage est une plage privée. »

Cathy constata que, malgré son explication un peu confuse, le jeune couple battait en retraite. L'actrice commença à dire quelque chose, mais son compagnon la prit par la main et l'entraîna vers le bord de l'eau.

Cathy se tourna vers Sean.

« Toi et ta grande gueule! Parler de l'Embrasseur devant d'autres personnes. Que pas un seul d'entre nous ne s'avise jamais de prononcer encore son nom devant qui que ce soit! »

Les enfants ne soufflaient mot.

« Vous avez de la chance que ce soit moi qui vous ai débarrassés d'eux. Vous savez ce qui serait arrivé si elle était vraiment entrée dans la maison! »

XIII

Le lundi, l'Embrasseur fit la grasse matinée.

Dans le salon de T.V., les enfants se blottirent tout contre le récepteur dont ils maintinrent le son baissé. Ils jetaient de fréquents regards vers la porte ou faisaient brusquement volte-face vers le canapé, s'attendant presque à ce que l'homme brun soit là à les observer.

Un peu avant midi, les mules de leur père claquèrent dans l'escalier. L'homme s'arrêta un instant à l'entrée du salon, regarda chacun des enfants à tour de rôle, puis il tourna les talons et traversa le hall. Les enfants entendirent les mules pénétrer dans le living-room.

Abandonnant Marti devant la télévision, ils allèrent, Patrick en tête, jusqu'à la porte de cette pièce où ils n'entraient presque jamais. Ici, il n'y avait pas de sable répandu sur la moquette bleu pâle. Il n'y avait pas de taches de nourriture ou de vieux papiers sur les divans et les fauteuils recouverts de soie bleu roi. Sur les petites tables, les immenses cendriers en argent étaient vides et bien astiqués. A la place d'honneur, au-dessus de la cheminée, un autre portrait de Paula souriait. Au-dessous d'elle, il n'y avait pas de cendres qui salissaient le foyer. A l'autre bout de la pièce, où se dressaient un grand bar de noyer danois et une armoire à liqueurs, l'Embrasseur fit jaillir la lame d'un couteau à cran d'arrêt, une lame étincelante de dix centimètres de long qu'il introduisit sous la porte de l'armoire avec l'intention bien arrêtée de faire sauter la serrure.

Quand ce fut fait, il s'accroupit, regarda à l'intérieur et eut un sourire. Il aligna cinq bouteilles de liqueur sur la moquette. Mais son sourire disparut lorsqu'il se retourna, tenant toujours le couteau, vers les enfants :

« Fichez-moi le camp d'ici! Allez à la plage! »

L'un après l'autre, comme des taupes à la sortie d'un souterrain obscur, ils émergèrent dans le patio, où le soleil les fit cligner des yeux, puis traversant la plage toute blanche, ils se dirigèrent vers le château de Sean.

Dans les rangées de maisons qui faisaient face à la mer, le marteau d'un charpentier faisait entendre son bruit régulier. On percevait le gémissement d'une scie électrique. Du côté de l'océan, les surfistes à l'affût de la vague formaient de petits points le long de la baie de Malibu. La plage de la Colonie, qui avait été envahie le dimanche, était aujourd'hui presque vide.

« Je le hais », dit Cary en s'enfonçant à l'intérieur du château.

Aucun des autres ne contredit le gamin qui, avec une générosité inhabituelle, tendit à la ronde une poche de biscuits à la farine d'avoine.

Après un bon moment de silence, Marti, boudeuse et incapable de tenir en place, lança une poignée de sable à Patrick et par la même occasion arrosa Cathy. La grande sœur donna une tape sur la main de la petite qui éclata en sanglots.

« Regardez! »

Cary avait parlé à voix basse, mais il y avait dans sa voix une telle frayeur qu'ils se tournèrent instantanément tous les quatre pour suivre la direction de son regard.

Trois maisons plus haut sur la plage, dans son patio vitré intérieur, une femme, des rouleaux dans les cheveux, vêtue d'un peignoir rose qu'elle maintenait serré contre elle avec ses coudes, parlait à deux hommes de haute taille en uniforme gris foncé. Tous deux portaient des lunettes de soleil.

« Le shérif », dit Patrick d'un ton plein de respect que ses frères et ses sœurs trouvèrent assez nouveau chez ce petit effronté.

Les deux hommes tendaient à la femme un carton blanc.

« Qu'est-ce qu'ils cherchent ? demanda Cary.

— Ils lui montrent une photo », dit Sean.

Depuis leur château, aucun des enfants, naturellement, ne pouvait entendre. Mais ils ne quittaient pas des yeux la femme, dont les cheveux paraissaient dorés, avec les rouleaux : elle tenait la photographie dans la lumière de la mi-journée et l'examinait. Après avoir regardé la photo sous tous ses angles, elle secoua la tête. L'un des hommes en uniforme dit quelque chose, et la femme fit sortir de la maison une bonne mexicaine vêtue d'une blouse blanche. La bonne ralentit le pas lorsqu'elle vit les policiers. La femme en peignoir lui tendit la photographie.

« J'y vais, dit Patrick en sautant sur ses pieds. Je vais faire un tour là-bas pour écouter ce que les flics sont en train de lui demander.

— Non! » Le ton de Cathy était inhabituellement sévère.

« Pourquoi ? » gémit le garçonnet.

Mais il se tut lorsqu'il vit la domestique dans le patio secouer la tête. La femme en rose tendit la photographie aux policiers tandis que la bonne se hâtait de rentrer dans la maison.

Le shérif remit la photographie dans une chemise noire.

Les enfants le virent, lui et son adjoint, remercier la femme en rose; elle les reconduisit tous les deux à la clôture qui ouvraït sur une pelouse et qui leur permit de prendre un raccourci vers le porche de la maison voisine.

Coccinelle aboya.

« Maintenant, ils vont chez Marlice, dit Cathy.

— Qu'est-ce qu'ils veulent ? demanda Patrick.

— Ils vont venir chez nous », dit Cathy.

Marti gloussa :

« C'est la police! »

Cathy, sans regarder la petite, lui fit signe de se taire, mais le bébé, tout excité, continuait de crier :

« C'est la police! Avec des revolvers!

— Ils vont sûrement venir par ici, dit Cary à voix basse.

— Venir ? Comment ? »

Patrick montrait de la surprise et de l'excitation, mais pas du tout la peur que ressentaient les autres.

Sean, jusque-là, n'avait rien dit.

« Ils cherchent quoi, à ton avis ? » Cette fois, c'était à Sean que Patrick s'adressait.

« Tu le sais bien, dit Cathy d'une voix sèche.

— Comment est-ce que je le saurais ? »

Sean répondit calmement :

« Ils posent des questions sur elle. »

Le bouillant Patrick, si fort, si débordant d'énergie, en tomba sur le derrière :

« C'est vrai?

— Sur qui? » interrogea Marti qui se sentait exclue.

Cathy ignora la petite et exprima à voix haute ce qu'elle pensait :

« Je parie que c'est pour ça qu'ils ont montré cette photo à la bonne des Gordon. Ça devait être une photo d'elle.

— Moi je parie qu'ils ne savent même pas qui elle est, dit Sean.

— Vous parlez de qui? insista Marti.

— Vous savez, dit Cary, elles ne se connaissaient même pas entre elles, la bonne des Gordon et... l'autre. La seule personne qu'elle connaissait par ici, pratiquement, c'était l'Embrasseur.

— Ce qui compte, chuchota Cathy, c'est qu'ils vont être là dans quelques minutes. Et quand ils seront là... »

La voix de la fillette s'étrangla de frayeur.

« Eh bien quoi? interrogea Patrick.

— Ils vont nous demander si on la connaît.

— Qui ça? » Marti haussait de plus en plus le ton.

« Avocados. »

C'était Sean qui avait prononcé le nom interdit, qui avait rompu le tabou familial.

« Tu n'as pas le droit... » commença Cathy.

Mais, devant l'imminence de l'arrivée des policiers, elle paraissait ne plus savoir imposer son autorité. La fillette était au bord de la panique. Elle bondit sur ses pieds :

« Venez. On va rentrer à la maison et on ne répondra pas à la porte.

— Mais lui, il est là, dit Cary.

— Et si la police l'interroge, il dira tout », dit Patrick.

Sean ôta le sable de ses mains.

« Non, il ne dira rien.

— Si, il le dira, s'obstina Patrick.

— Tu n'as pas besoin de crier. Je ne suis pas sourd à ce point. »

Sean repoussa la main de Marti qui était en train de faire un trou dans le sable bien lisse du toit.

« S'il avait l'intention de dire qui elle était, il l'aurait dit au maître-baigneur, pas vrai ?

— Ou au facteur, ajouta Cary.

— Venez! ordonna Cathy. On rentre tous.

— Non. » Cathy se retourna vers Sean. « On reste ici », dit le garçon, et Sean paraissait tellement sûr de ce qu'il faisait que la fillette l'écouta. « Quand le shérif sera là, il va nous demander d'aller chercher nos parents. Tout ce qu'on a à faire, c'est lui répondre qu'ils ne sont pas là.

— Ce n'est pas possible. Automatiquement, ils vont nous demander qui s'occupe de nous. »

La voix de la fillette trahissait son désappointement. Pendant un instant, elle avait réellement cru que son frère avait un plan, un moyen de les sortir de ce mauvais pas.

« On leur dira que c'est notre bonne, répondit Sean, comme on l'a toujours fait.

— Si on dit ça à la police, ils vont vouloir lui parler pour de bon.

— C'est ce qu'on a fait avec les autres. » Sean paraissait toujours aussi sûr de lui.

« Parce que les autres ne savaient pas qu'on mentait.

— La police le sait toujours quand on ment, dit Cary.

— Elle a des détecteurs de mensonge, souligna Patrick.

— Avocados... elle est morte », dit Marti avec un sourire malicieux; elle venait de découvrir que le moyen le plus sûr de ne pas être laissée à l'écart était d'embêter les autres. Tenant d'une main le fond de sa culotte, elle répéta avec de petits rires : « Avocados... elle est morte!... »

Patrick ignora la petite et fit remarquer à Sean :

« La police demande toujours ce qui est arrivé aux gens qui sont morts. »

Marti, avec un sourire de défi pour sa sœur, lança :

« Avocados... elle s'est noyée dans l'océan. »

Cathy eut bien envie de lui envoyer une gifle mais elle se domina. Non, il y avait mieux à faire qu'à donner à la petite le plaisir de voir sa sœur aînée en colère, et cette façon de répondre ne ferait que provoquer quelques menaces supplémentaires de sa part.

« Marti, dit-elle avec le plus grand calme, tu as promis de ne jamais dire cette chose-là. Pas un seul mot à qui que ce soit. Tu te souviens, tu as promis ? »

La petite soutint le regard de sa sœur.

« Tu te rappelles, dit Sean, tu as posé la main sur la Bible.

— Non, pas moi, dit Marti.

— Si, tu l'as fait! » Sean fut étonné par son propre cri.

Même si elle ne savait pas en quoi elle consistait, la fillette était tout à fait consciente d'avoir découvert une arme puissante dont elle pourrait se servir chaque fois qu'elle en aurait besoin. Elle fit un nouvel essai de cette arme.

« En plus, les gens disent toujours la vérité à la police!

— Non! » La voix de Cathy était encore plus autoritaire que celle de son frère. Cédant à la peur, elle empoigna l'épaule de sa sœur et enfonça ses doigts jusqu'à ce que la petite se torde sous son étreinte : « Si tu dis un seul mot, on t'envoie à la salle de tortures du château!

— Non, vous ne le ferez pas!

— Si, on le fera », dit Patrick d'un ton péremptoire.

Les yeux gris de Marti se posèrent sur le visage de Cary : elle comptait sur celui de ses frères qui était à la fois le plus gros et d'ordinaire le plus compréhensif pour apporter quelque démenti à cette menace. Mais Cary paraissait en tout point aussi sérieux que Cathy.

« Sauf, dit Sean, l'aîné, si tu promets de ne pas dire un seul mot. »

Patrick se leva d'un bond et prit la main de la petite.

« Viens!

— Non! » Cathy leur barrait le passage à tous deux.

« Je l'emmène à la maison, dit Patrick en se tournant vers ses frères, car c'était à eux qu'on pouvait le mieux expliquer les choses. Je vais la boucler là-haut dans sa chambre et je ne la laisserai pas sortir jusqu'à ce que la police soit partie. »

Il vit que ses frères ne feraient que ce que dirait Cathy et ce que disait la fillette, c'était : non.

« Pourquoi? demanda-t-il.

— Elle va crier et hurler. Ils vont savoir qu'elle est là...

— Et si on rentrait tous à la maison? s'exclama Cary.

— Ou si on se sauvait tous sur la plage? » dit Patrick.

Cathy secoua la tête.

« Ne soyez pas stupides. Ils nous ont déjà vus. Vous n'avez qu'à la boucler, voilà tout. »

La fillette prit la main de sa sœur.

« Mais...

— D'ailleurs, même si on se sauve ou si on se cache, ils nous retrouveront, ils ont des méthodes. »

La fillette semblait faire allusion à ces méthodes policières que la télévision se contente de suggérer.

« S'ils pensent que nous sommes à l'intérieur de la maison, ils enfonceront la porte.

— On peut leur raconter ce qu'on voudra, dit Cary, ça ne les empêchera pas de demander qui nous surveille. »

Cathy se tourna brutalement vers son frère.

« Tu crois que je ne le sais pas ? Tu crois que je suis idiote à ce point ? »

Coccinelle aboya et bondit en dehors du patio. Les deux policiers réapparurent, traversèrent le jardin en direction de la plage et se dirigèrent vers la porte de la maison voisine.

Sean chuchota :

« Ils vont être là dans une minute. Les gens d'à côté ne sont pas chez eux. »

Coccinelle se posta sur la plage et lança des aboiements réguliers et plaintifs vers les deux hommes en uniforme qui attendaient à la porte. Moins d'une minute après, comme Sean l'avait prédit, les deux hommes revinrent vers la plage.

« Vite, chuchota Cathy. Faites semblant de travailler au château. Quoi qu'il arrive, ne les regardez pas! »

Bien entendu, les enfants n'en jetèrent pas moins quelques coups d'œil à la dérobée pardessus le mur, et virent les deux policiers avancer côte à côte, avec des faux pas lorsque leurs chaussures de cuir verni glissaient dans le sable blanc et mou. Coccinelle les escortait, en courant à côté d'eux, et aboyait à chaque pas qui les rapprochait des enfants. Les deux hommes parlaient à voix basse et leurs lunettes noires reflétaient la lumière. Les enfants s'enfoncèrent derrière le mur. Les deux hommes, derrière leurs lunettes, étaient-ils maintenant en train de les regarder?

Les deux policiers passaient devant le château. Ils s'arrêtèrent. Leurs ombres s'étirèrent sur le sable et atteignirent le fossé qui entourait les remparts.

Cary retint son souffle.

Patrick chuchota :

« Les voilà! »

Le plus gros des deux policiers — un homme aux bras énormes et bronzés qui saillaient sous sa chemise à manches courtes — prit la parole d'une voix douce et amicale :

« C'est un vrai château que vous avez fait là!

— Oui, c'est sûr », dit l'autre.

Les lunettes noires à monture dorée jetèrent des reflets pendant que les deux hommes examinaient les murs et les tours de sable. Le premier reprit :

« Je ne crois pas avoir jamais vu un château de sable aussi réussi. Et toi, Dan ?

— Moi, c'est le plus beau que j'aie jamais vu. »

A genoux, de chaque côté de Cathy, les enfants, l'un après l'autre, se risquèrent à lever la tête vers les policiers qui les dominaient comme auraient pu le faire des arbres ou des géants.

« Le fossé, le pont-levis, tout y est, dit le plus jeune, celui que le shérif avait appelé Dan.

— Qui est censé habiter ce château ? » demanda le shérif.

Les enfants s'affairèrent dans le sable.

Les policiers, un peu raides dans leur uniforme bien repassé, s'accroupirent. Avec leurs vrais revolvers et leurs lunettes noires, on aurait dit des géants en train de regarder à l'intérieur d'une maison de poupée.

« Qui est l'aîné ? » demanda le shérif vers l'intérieur du château.

La réponse ne mit que quelques secondes à venir, et pourtant les quatre petits Moss crurent vivre plusieurs minutes atroces avant que Cathy dise d'une voix dont ils furent certains qu'elle allait les trahir :

« C'est moi.

— Quel est ton nom?

— Cathy.

— Cathy Moss, annonça le plus jeune des deux policiers après avoir consulté un carnet.

— Tu habites la villa blanche, n'est-ce pas, Cathy? »

La fillette acquiesça.

« Et ceux-là, ce sont tes frères et ta sœur? »

C'était l'homme aux bras bronzés qui parlait tout le temps, et les enfants en conclurent qu'il était le plus important des deux.

De nouveau Cathy acquiesça.

Coccinelle lança une salve d'aboiements.

Le plus âgé des deux policiers fit un sourire à Marti, mais ses yeux, cachés par les lunettes noires, ne montraient aucune expression.

« Elle a à peu près l'âge de ta cadette, n'est-ce pas, Dan?

— C'est vrai. »

Le policier retira sa casquette et passa ses doigts dans ses cheveux bruns coupés court. Sa silhouette se profilait au-dessus du mur du château et de la petite fille.

« Quel âge avez-vous, ma petite dame?

— Quatre ans.

— Quatre ans! » L'homme répétait cette déclaration avec une stupéfaction amusée.

« Vous avez raison, dit-il au shérif. C'est exactement l'âge de ma petite Corie. » Ses lunettes vinrent au niveau des yeux gris de Marti. « Comment t'appelles-tu ?

— Je ne peux pas vous le dire. »

Cathy sentit une certaine tension autour d'elle. Elle évita cependant de regarder ses frères et sœur; un seul coup d'œil, et les deux policiers remarqueraient sans aucun doute leur frayeur.

« C'est un secret ? » L'homme, après un temps de réflexion, s'était mis à rire.

« Oui... Oui... » La petite acquiesçait gravement de la tête et regardait sa sœur pour quêter son approbation.

Sean se dressa sur ses jambes.

« Elle ne sait pas que vous êtes de la police.

— Si, je le sais! répondit vivement la petite. Mais je ne dois pas parler à des étrangers.

— C'est très bien de ta part. »

Le jeune policier replaça sa casquette sur ses cheveux bruns et sourit, découvrant des dents sans défaut, des dents blanches et parfaitement régulières. Il fit un clin d'œil à la petite fille.

« J'ai le nom de cette jeune personne écrit là, dans mon carnet. »

Ils retinrent tous leur respiration.

« Ton nom, dit-il alors que ses lunettes qui reflétaient la lumière faisaient loucher Marti, ton nom, c'est Rumpelstiltskin MacGillicudy.

— C'est pas vrai. Mon nom, c'est Marti Jean Moss. »

Le plus jeune des deux policiers tendit la main vers son supérieur.

« Donnez-moi la photo. »

Il expliqua :

« A la façon dont les gosses passent leur temps à fureter partout, ils l'ont probablement vue. »

Le policier agitait impatiemment les doigts, mais l'autre secoua la tête.

« Non.

— Parce que c'est un cadavre ?

— C'est ça.

— Ils en verront de pires dans leur vie, tous les cinq.

— Pas à cause de moi. »

Le plus jeune des deux policiers se redressa de toute sa hauteur et prit une profonde aspiration tout en faisant jouer les muscles de son dos sous la chemise d'uniforme étroitement ajustée. Puis il relâcha ses muscles sans dire un mot. Ce petit exercice était une sorte de déclaration, une façon de dire qu'il avait accompli son devoir, qu'il avait fait tout ce qu'il pouvait faire : si son supérieur ne voulait pas de son aide, il ne prendrait plus d'initiative, voilà tout! Le shérif fixait Cathy de ses verres noirs et sans vie où elle voyait son propre reflet.

« Cathy, tu vas courir à la maison et demander à ta maman de venir un instant, d'accord ?

— Maman est en Italie.

— Alors, demande à la personne qui est à l'intérieur, à la personne qui s'occupe de vous. »

La fillette ne répondit rien.

Marti regardait tour à tour sa sœur et le policier aux lunettes. Sean posa sa main sur l'épaule de la petite. Une brise légère apportait les coups de marteau du charpentier en contrepoint au rythme des vagues.

Si le shérif était embarrassé, il n'en montra rien.

« Venez, dit-il à son collègue. On va essayer la maison. »

Un homme à la peau foncée, vêtu d'un pantalon noir et d'une veste blanche empesée, enjamba le mur de briques du patio.

Sans prononcer un mot, le shérif et son adjoint le laissèrent approcher, avec ses chaussures de cuir noir qui s'enfonçaient dans le sable mou. Finalement, le serveur fut devant eux, avec ses cheveux noirs tout brillants et collés contre son crâne. Un nœud papillon était attaché à son col sous la veste blanche et raide. Pendant que le plus jeune des deux policiers calmait le chien qui aboyait, le shérif, sans aucune expression, regardait ce jeune homme à l'air sérieux.

« Vous travaillez pour les Moss?

— Oui, M'sieur. » Sa voix était en tout point aussi solennelle que son regard sombre. « Je suis valet de chambre, M'sieur. »

Si l'Embrasseur lança un coup d'œil aux cinq enfants dans le château, aucun d'eux ne s'en aperçut.

« Vous avez une pièce d'identité?

— A l'intérieur, M'sieur. »

Il indiqua la maison d'un signe de tête et, adroitement, fit de ce geste une excuse.

« Vous voulez que j'aille la chercher, M'sieur?

— Non. Ça va. »

Le shérif mettait un point d'honneur à n'exprimer aucune reconnaissance au domestique pour sa coopération. Il prit sous son bras le dossier noir.

« Quel est votre nom?

— Carlos, M'sieur. Carlos Iturbide.

— J'ai l'impression qu'il y a pas mal de gens qui portent des noms espagnols par ici, n'est-ce pas, Carlos?

— M'sieur?

— Des tas de Mexicains qui travaillent ici à la Colonie. »

L'Embrasseur hocha la tête et eut un sourire qui étonna les enfants.

« Oui, M'sieur. Je crois qu'il y en a beaucoup.

— Vous devez en connaître un certain nombre, n'est-ce pas?

— Quelques-uns, M'sieur. »

L'Embrasseur découvrit plusieurs dents en or dans un sourire tout-pour-plaire.

« Je vais vous dire, Carlos. Nous allons nous servir de l'œil qui vous reste pour regarder une photo. Vous êtes d'accord ?

— Bien sûr, M'sieur.

— Il y a une chose que vous devez savoir. Cette photo a été prise *après* la mort de la femme. Vous comprenez ? »

L'Embrasseur eut un air encore plus solennel. Il acquiesça une nouvelle fois. On pouvait compter sur sa collaboration.

Le shérif ouvrit la chemise noire et en retira une photographie. Les enfants firent tous leurs efforts pour voir la photo, espérant avoir un aperçu de l'horrible spectacle, mais le policier la tenait sous le nez de l'Embrasseur et, de leur château, ils n'aperçurent que le dos blanc de l'image.

Ils attendirent. L'Embrasseur parlerait-il ? Est-ce que la police — comme les enfants l'avaient vue faire à la télévision — obligerait l'homme à parler ? Le shérif et le policier plus jeune, dont les lunettes noires ne laissaient apparaître aucune expression, observaient l'homme.

« Reconstituez les traits dans votre esprit, Carlos, dit le policier. Le visage montre un certain degré de détérioration. »

Les yeux de l'Embrasseur examinèrent le portrait. Son visage ne laissa rien paraître, pas un soupçon d'émotion, pas une réaction, rien qu'une extrême attention.

« Qu'est-ce que vous en pensez, Carlos ? »

Sans quitter des yeux la photographie, l'Embrasseur passa l'index sur sa moustache et secoua la tête.

« Non, M'sieur. Je ne connais pas cette femme. »

Le shérif retira ses lunettes de soleil et vint à côté de l'homme.

« Écoutez, Carlos, nous comprenons très bien qu'il est difficile de la reconnaître sur cette photo-là. Mais, étant donné que vous êtes Mexicain comme elle... enfin, ce que je veux dire, c'est que pour la plupart des gens, dans le coin, il est difficile de vous distinguer les uns des autres. »

Si le domestique à la veste blanche avait peur des deux policiers, il n'en montra rien. Il continuait de regarder la photographie.

« Je ne connais pas cette femme, M'sieur. »

En plissant les yeux et sans bouger la tête, chacun des enfants glissa un regard vers son voisin. Mais aucun d'eux n'osa regarder l'Embrasseur.

Le shérif ne parvint pas à masquer son dépit.

« Vous êtes sûr? »

Le shérif marmonna quelque chose, remit la photographie dans la chemise et dit à voix basse au plus jeune :

« C'est pratiquement impossible. Pour commencer, la plupart de ces gens sont en situation illégale et s'ils savent quelque chose, tout ce que vous pouvez parier, c'est qu'ils ne le diront jamais.

Comment le comté veut-il qu'on ait prise sur eux? »

Le shérif dissimula sa déception sous un air affable et se tourna vers les enfants :

« Merci », leur dit-il.

L'Embrasseur, toujours sérieux, se montra d'une extrême politesse.

« Puis-je disposer maintenant, M'sieur? »

Le shérif fit oui de la tête et l'Embrasseur reprit le chemin de la maison. Coccinelle, changeant de registre, se mit à glapir et bondit après l'homme à la veste blanche.

Les policiers continuèrent leur route vers la maison voisine, sur la plage.

XIV

Les cinq enfants, dans le château, gardèrent les yeux fixés sur l'Embrasseur jusqu'à ce qu'il ait franchi la baie du salon de T.V. Deux maisons après celle des Moss, les policiers s'étaient arrêtés à une autre porte.

« Patrick, dit Cathy à voix basse, va voir ce qu'il fait. »

Le gamin regarda fixement sa sœur.

« Tu m'entends ?

— Pourquoi moi ?

— Parce que je te le dis.

— Si tu envoyais Cary pour changer ?

— Cary ne peut pas, c'est ton tour d'aller chercher de l'eau. »

Ce n'était guère une raison valable pour exempter Cary, mais la vivacité de la réponse mit Patrick sur la défensive.

« On peut rentrer. Va voir ce qu'il fait et préviens-nous quand il quittera le salon de T.V. »

La voix de Cathy ne tremblait pas :

« A partir de maintenant, il faut qu'on sache exactement, et à tout moment, ce qu'il est en train de faire. »

Cathy, sentant qu'on ne lui désobéirait plus, imposa son regard au gamin jusqu'à ce qu'il se lève, enjambe le mur du château et s'éloigne lentement à travers la plage.

Parvenu à la baie vitrée, il se retourna et, imitant quelqu'un qui regarde, il indiqua que l'homme, à l'intérieur, était assis devant la télévision.

« L'Embrasseur est encore plus méchant qu'elle, murmura Cary.

— Je ne veux plus jamais entendre parler d'elle. » Le ton de Cathy était net et définitif, mais Sean osa compléter la pensée de son frère :

« Elle, au moins, elle nous laissait regarder ce qu'on voulait. »

Cary pressa ses grosses lèvres l'une contre l'autre.

« Vous savez ce qu'on devrait faire? »

Cette fois, le garçonnet n'attendit même pas la réponse.

« On devrait le mettre sur un matelas pneumatique, lui aussi.

— On ne l'a mise sur rien du tout! C'est arrivé

comme ça! Personne n'a rien fait! » dit Cathy.

Cary s'obstina.

« En tout cas, il faut qu'on fasse quelque chose.

— Quoi, par exemple? »

C'était Sean qui avait posé la question.

Cathy ramassa une poignée de sable et la laissa couler lentement entre ses doigts.

Marti, imitant sa sœur, ramassa du sable elle aussi. La petite regarda ses frères et sa sœur, puis, sentant qu'il y avait de l'orage dans l'air, elle se tortilla et lança le sable qu'elle tenait.

« Arrête! » dit Cathy.

Cary et Sean virent bien que leur sœur aînée, en s'occupant de la petite, avait trouvé un prétexte pour éluder la question.

Cary se leva et brossa sa chemisette.

« J'ai faim.

— Tu vas à la maison? demanda Sean.

— Il ne me fait pas peur », mentit le gamin en escaladant le mur du château.

Cathy prit la main de Marti et fit passer la petite sur la planche du pont-levis.

Sean, resté seul dans son château, redressa les rangées de pierres tombales confectionnées à l'aide de bâtons d'*ice-cream*.

Arrivant du flanc de la maison, Cary pénétra dans le patio. Il abritait ses yeux contre le soleil et mâchait une bouchée de beignet fourré. Des traînées d'un liquide rouge et visqueux brillaient sur sa chemisette. Cathy, debout à l'extérieur de la baie, à côté de Patrick, posa un doigt sur ses lèvres. Cary, d'un signe de tête, indiqua qu'il avait compris. Il ne fallait pas faire de bruit pour pouvoir espionner l'Embrasseur. Il regarda autour de lui. Qui allait s'occuper de Marti? Il jeta un coup d'œil par-dessus le mur du patio et vit l'enfant en train de creuser, avec une cuiller de bois, dans le sable blanc et mou où l'on voyait encore les marques du râteau matinal.

Cary chuchota au garçon et à la fillette près de la baie :

« Vous le voyez? »

Patrick répondit à voix basse :

« Il vient juste de déguerpir de la télé.

— Il est allé probablement chercher quelque chose dans la cuisine, dit Cary en se léchant les doigts. On peut entrer?

— Attends une minute. »

Un papillon dansa dans la lumière du soleil; l'ombre des trois enfants s'étira sur les dalles du patio.

A l'angle de la maison, une nouvelle ombre glissa sur le sol. L'Embrasseur traversa le patio et, sans bruit, vint se placer dans le dos des enfants. Ces derniers virent presque aussitôt le reflet de sa veste blanche et de son nœud papillon noir dans la vitre. Cary eut le souffle coupé, mais aucun d'eux ne fit un mouvement. L'homme, d'instinct, attrapa le plus lent des trois.

« Pas un mot. »

Sa voix était douce, et aussi terrifiante que tout ce que les enfants avaient jamais entendu à la télévision.

Cathy et Patrick trahirent leur frayeur en se rejetant brusquement loin de l'homme. Cary se mit à se débattre pour lui échapper. Marti, qui les observait, fut tellement surprise que sa cuiller resta en l'air.

« Viens avec moi! »

Le sombre faciès de l'Embrasseur était aussi cruel que celui d'une statue aztèque.

« Viens! »

Le gros garçon se tordit sous l'étreinte de l'homme et s'échappa en criant. Le Mexicain le poursuivit jusqu'au coin de la maison, puis, à travers le jardin, vers le garage et vers la rue. Cary se prit les pieds dans la planche à roulettes de Patrick et tomba. L'Embrasseur, d'une secousse, le remit sur ses pieds.

« Viens! » ordonna l'homme.

Cathy, Patrick et Marti, restant prudemment hors de portée de l'homme, suivirent le Mexicain et son captif.

A l'intérieur du garage, à peine assez profond pour abriter la Lincoln Continental gris métallisé de Paula, la lumière, affluant par la porte ouverte, se refléta dans les chromes bien astiqués du capot et le fit étinceler.

L'Embrasseur eut un signe de tête dans la direction de la voiture :

« Donne-moi les clefs. »

Son prisonnier se débattit.

« C'est celle de notre mère. »

Cary jeta un regard désespéré vers la porte où son frère et ses sœurs attendaient.

Cathy, hardiment, alla ouvrir la portière de l'auto et se glissa derrière le volant, sur le siège de cuir.

« Il a raison. C'est la voiture de maman. A part elle, jamais personne ne la conduit. *Jamais!* »

Patrick, debout à la portière, du côté de Cathy, trouva une raison tout à fait différente de refuser la Lincoln à l'homme :

« Si vous la prenez et si vous avez un accident, la police viendra ici. La police retrouve toujours les chauffards.

— Pas à Mexico », répliqua l'Embrasseur avec un léger sourire.

Les enfants échangèrent un regard.

« Mais il y a le gardien, à la porte. »

Sean venait de faire son apparition et parlait à l'intrus en le fixant dans les yeux.

« Il verra bien que c'est celle de maman. »

Est-ce que l'Embrasseur avait compris? Les enfants ne pouvaient absolument rien lire sur son visage sombre et sans expression. L'homme tordit le bras de Cary jusqu'à ce que son otage pousse un cri de douleur.

« Les clefs!

— On ne les a pas! » cria Cathy.

L'Embrasseur lâcha le bras du gamin. Il bondit vers la voiture, referma sa main sur le maigre poignet de la fillette et la tira à l'extérieur, tremblante de peur.

« Vous allez trouver les clefs et vous allez appeler le gardien à l'entrée. Vous lui direz que je travaille ici, maintenant. Vous lui direz que, demain matin, c'est moi qui conduis la voiture. »

Cathy se débattit, mais ne parvint pas à se libérer de l'étreinte de l'homme. Les yeux noirs et brillants de celui-ci glissèrent d'un enfant à l'autre aussi rapidement que ceux d'un lézard jusqu'à ce qu'il les couvre tous les cinq de son regard.

« Maintenant, je m'en vais. Jusqu'au Restaurant Marlin. Pas plus loin. Je n'en ai que pour quelques minutes. Tâchez d'avoir les clefs lorsque je reviendrai. »

La menace plana dans le garage obscur. Cathy se libéra d'un tour de poignet pendant que l'homme longeait la voiture en laissant courir sa main sur la carrosserie. On aurait dit un conquérant avec des idées de viol. Lorsqu'il souleva la porte du garage et que la Lincoln brilla dans la lumière de fin d'après-midi, il caressa du regard ses contours brillants.

Cathy, en se frictionnant le poignet, suivit Patrick et Cary jusqu'à la porte de la rue : ils virent l'homme aux cheveux noirs se diriger vers sa vieille De Soto décapotable dans laquelle il monta. Il y avait une petite Madone de plastique collée au tableau de bord poussiéreux. Il se signa et tourna la clef de contact. Le moteur pétarada, mais refusa de se mettre en route.

Le sourire de l'homme disparut. Dans le garage, personne ne bougea.

Finalement, la vieille De Soto poussa un soupir et revint à la vie. La voiture fatiguée s'engagea, en grinçant et en sifflant, sur la route privée.

Cathy poussa les quatre enfants dans la maison où, sans reprendre haleine, elle se mit à lancer des ordres :

« Vite! Avant qu'il revienne! Fermez toutes les fenêtres et toutes les portes! Grouillez-vous! »

Les quatre enfants, saisis de la même panique que leur sœur, s'élancèrent à travers la maison. Cathy se précipita sur leurs talons et courut des fenêtres aux portes, tirant les verrous, vérifiant les serrures, faisant cliqueter les chaînes spéciales antivol. Et, comme elle ne se sentait pas encore en sécurité, elle ordonna brusquement aux garçons de pousser les meubles contre les portes de devant et de derrière et de coincer l'échelle contre la fenêtre cassée, dans le coin-repas.

« Sean! Tu ferais bien d'aller chercher une planche et de la clouer à cette fenêtre! »

Au cours d'une dernière inspection des barricades, Cathy entra avec Sean et Patrick dans le salon de T.V. et trouva Cary devant le récepteur. Elle tira le gros garçon sur ses pieds :

« Pas de télé! cria-t-elle. Pas de télé jusqu'à ce qu'on soit absolument sûrs qu'il ne peut pas entrer! »

Elle ordonna aux trois garçons de pousser le lourd canapé devant le panneau vitré coulissant.

Sean traversa le vestibule en direction de la porte d'entrée et commença à déplacer un fauteuil.

« N'ouvre pas! » hurla Cathy. La fillette courut s'interposer entre son frère et la porte.

« Pourquoi ? Je ne peux pas aller travailler à mon château, sur la plage ? »

La fillette répliqua avec violence :

« Est-ce que vous n'avez pas compris ? A partir de maintenant, personne n'entre et ne sort de cette maison! »

Elle jeta un coup d'œil aux rideaux de la baie vitrée.

« Il sera là d'une minute à l'autre! »

La main de Sean se détacha de la porte. Il vit

sa sœur courir dans le living-room et vérifier une nouvelle fois portes et fenêtres.

La peur continua de planer dans toute la maison même lorsque Cathy permit finalement à sa famille de se retrouver devant les couleurs éclatantes de la télévision.

A l'extérieur, au-delà des rideaux tirés du salon, le soleil s'enfonçait dans le ciel, mais le regard des enfants ne quitta pas l'écran brillant.

Au beau milieu d'un film dans lequel des *Marines* chargeaient à la baïonnette, Cathy, brusquement, étendit le bras et baissa le son.

Marti, frustrée, commença à hurler.

« Chut! » Cathy leva la main et réclama le silence. « J'entends quelque chose. »

Ils tendirent l'oreille tous les cinq.

« C'est sa voiture ? demanda Cathy.

— Moi, tout ce que j'entends, dit Cary en s'empiffrant d'un morceau de bacon cru qui sortait tout droit du réfrigérateur, c'est l'océan. »

Cathy ferma le son.

« Taisez-vous et écoutez! »

La poignée de la porte cliqueta. Les enfants étaient glacés d'effroi. On entendit — impossible de se méprendre maintenant — un bruit de pas sous le porche.

La poignée de la porte fut secouée. L'homme, dehors, attendait. N'était-ce pas le bruit de sa respiration qu'ils entendaient ? Non. Ce battement régulier qui emplissait la maison, c'était probablement celui des vagues ou celui de leur propre cœur. Les pas s'éloignèrent.

Silence.

Soudain il y eut un bruit à la porte de derrière.

« Taisez-vous », dit Cathy.

La porte fut secouée par une main qui s'acharnait sur la poignée. Cathy mordit ses lèvres jusqu'au sang. La serrure tint bon. Pendant un long moment, les enfants n'entendirent rien d'autre que la retombée monotone des vagues sur la plage.

A la télévision, des Marines, *un peu étranges dans ce silence, avançaient sans bruit à travers la jungle, leurs armes braquées. Un tireur embusqué fit feu, mais on n'entendit pas la détonation. Comme si on l'avait vu à travers une vitre, un jeune soldat se raidit et s'écroula dans les feuillages.*

Derrière les rideaux, les pas traversèrent le patio dallé. Le panneau vitré résonna violemment dans son cadre d'aluminium. L'homme retraversa rapidement le carrelage. Nul n'osait rompre le silence. Sean était certain qu'il ne pouvait prononcer un mot, et un regard à Patrick et à Cary tout tremblants lui montra que leur frayeur était aussi grande que la sienne. Cathy couvrait ses yeux de ses mains, et ses frères, en voyant ses doigts briller dans la lumière, comprirent qu'elle pleurait.

La fillette tressaillit :

« Écoutez », dit-elle.

C'était dans la cuisine : une planche tomba lourdement sur le sol et l'échelle d'aluminium, avec un son métallique, fut repoussée de la fenêtre. Une main brune passa à l'intérieur, écarta les rideaux brûlés et, avec précaution, fit tourner l'espagnolette.

XV

Les enfants s'efforcèrent de suivre les mouvements de l'Embrasseur dans la cuisine. Était-il en train de traverser le hall et d'approcher d'eux ? Non. Il déverrouillait la porte de derrière et sortait dans la nuit. L'instant d'après, ils l'entendirent rentrer dans la cuisine. Alors que ses quatre frères et sœurs n'osaient faire un geste, Patrick se glissa jusqu'à la porte à claire-voie et jeta un coup d'œil dans le hall. L'homme, chuchota-t-il, était en train de transporter un veston, un pantalon de sport et une vieille valise dans la chambre de bonne.

Ils entendirent ses pas monter l'escalier puis redescendre.

« Il a pris les chemises et les cravates de papa! »

Patrick, en silence, revint au canapé et à la télévision. Cathy s'agita dans son fauteuil. Puis quelque chose attira son regard vers la porte.

Vêtu d'une chemise de rodéo jaune pâle et d'un pantalon noir, l'Embrasseur était debout dans l'entrée et versait du whisky *Jack Daniels* dans un verre : il fixait des yeux Cathy et les quatre autres qui venaient, eux aussi, de l'apercevoir. On ne pouvait rien lire sur son visage. Quoi qu'il fût en train de penser, il le dissimula derrière le verre qu'il élevait jusqu'à ses lèvres. Puis le verre s'abaissa et l'homme, du bout des doigts, essuya sa moustache.

Cathy, dans son fauteuil, et les autres sur le canapé ou sur le sol, détournèrent vivement la tête et feignirent d'éprouver un intérêt passionné pour le film.

« Les clefs de la voiture », dit l'Embrasseur.

Les garçons échangèrent un regard rapide. Cathy, rejetant ses cheveux en arrière, allongea le bras et poussa le son de la télévision.

L'Embrasseur lança le verre dans le foyer de la cheminée où il se brisa en mille morceaux.

Cathy se leva de son fauteuil et, passant devant l'homme, se précipita dans le hall. Elle courut à l'étage, dans la chambre de sa mère et à la coiffeuse dont elle ouvrit le premier tiroir de droite. Quand elle fut de retour, l'Embrasseur avait les clefs.

« Donne-moi un autre verre. »

Cathy courut à la cuisine et revint avec un verre.

L'Embrasseur se versa une nouvelle rasade de *Jack Daniels*, but et passa la porte.

Pendant un long moment, aucun des enfants ne fit un mouvement. Aucun ne dit mot.

Puis, ce fut de nouveau Patrick qui, sur la pointe des pieds, alla jusqu'aux battants à claire-voie. L'instant d'après, Sean, puis Cathy et Cary le rejoignirent et virent l'Embrasseur sortir armes, appareil photo, liqueurs et vêtements par la porte de derrière.

« Il a même pris les cendriers en argent dans le living, chuchota Cathy. Il porte tout dans la voiture de maman. »

Patrick se glissa jusqu'à une fenêtre et confirma qu'en effet c'était ce que l'homme était en train de faire.

« Dans le garage, il a dit : Mexico », murmura Sean.

Patrick acquiesça :

« Ça veut dire qu'il s'en va.

— Quand ? »

Les enfants devaient avoir la réponse plus tôt qu'ils ne le pensaient, car l'Embrasseur revint à la maison, claqua la porte de derrière et entra dans le salon où, revenus à leur place, ils faisaient semblant, tous les cinq, de regarder la télévision. Il prit le téléphone sur le bureau de Marty et se mit à parler espagnol. A ses gloussements, au ton chaud de sa voix, les enfants comprirent qu'il s'adressait à une femme, et, quand il raccrocha, ils saisirent parfaitement trois mots : « Lincoln. Mexico. Mañana. »

Il sortit de la pièce et ils entendirent le bruit de la chasse d'eau.

« Avant de partir, dit Sean, il va nous tuer. »

Nul ne discuta cette prédiction.

« Il ne peut pas courir le risque de nous laisser dire à la police ce qu'il a fait.

— Je dirai rien! jura Cary. Parole d'honneur.

— Il faut qu'il le fasse avant de partir... »

Le tintement de la glace dans le verre de whisky fit taire les enfants et leurs yeux retournèrent au western.

En les tirant par la bride, deux cow-boys faisaient sortir des chevaux d'une écurie. L'un d'eux porta la main à son pistolet.

« Un peu plus de glace », dit l'Embrasseur à Sean.

Le gamin fit signe aux autres que ça ne valait pas le coup de discuter; il se précipita vers la cuisine et revint avec un bol empli de cubes de glace. L'Embrasseur fit signe à Sean de poser le bol sur le bras du canapé. Sean se rassit, mais l'Embrasseur secoua la tête :

« Non. »

Les enfants attendirent la réaction de Cathy. La fillette, dont le visage reflétait la lumière de l'écran, n'eut pas un geste lorsque l'intrus, en changeant de chaîne, lui cacha le récepteur.

Le ciel bleu des westerns céda la place à une femme qui, vêtue d'une robe scintillante, chantait en espagnol. Après des applaudissements enthousiastes, deux hommes avec des moustaches semblables à celles du boxeur se mirent à parler.

Lentement, l'Embrasseur s'enfonça dans le canapé dont Sean venait d'être chassé.

« C'est mieux comme ça, pas vrai ? » Il leva les yeux et, quand il vit le gamin à l'appareil acoustique faire la tête, il plongea ses doigts dans le verre et lui envoya quelques gouttes de whisky. « Pas vrai, *sordo* ? »

L'un après l'autre, les enfants quittèrent la pièce et se retrouvèrent sur les marches de l'escalier.

Une heure plus tard, Patrick se glissa au bas de l'escalier et traversa le hall pour aller jeter un coup d'œil prudent dans la pièce.

« Il dort. »

Il fit signe aux autres de descendre en silence.

« Si on ne fait pas du tout de bruit, on peut regarder la télé, il ne le saura jamais. »

Cathy passa devant Patrick et, à pas de loup, ils la suivirent tous les quatre dans la pièce.

Par crainte de déranger l'homme endormi, aucun n'osa s'asseoir sur le canapé. Ils prirent place sur la moquette pendant que Cathy mettait le son aussi bas que possible. Sean régla son appareil acoustique.

C'était le film de fin de soirée. La couleur déréglée produisait une étrange gamme de verts. On voyait un jeune homme qui suivait une jolie veuve et ses deux enfants dans une rue des faubourgs où le vent nocturne faisait tourbillonner les feuilles.

Au pied d'un réverbère, la femme se retourna et poussa un soupir de soulagement quand elle reconnut, dans le jeune homme, un de ses voisins.

Les petits Moss retinrent leur souffle : il leur offrait de les raccompagner chez eux tous les trois. Rien, jusque-là, n'avait permis de déceler chez le jeune homme la moindre violence. Mais les enfants, spectateurs expérimentés, savaient que la musique d'ambiance, la chute des feuilles et les ombres mouvantes annonçaient un drame imminent et terrible.

Lorsque l'action se fit plus tendue, lorsqu'on approcha du moment choisi par le tueur pour exécuter ses victimes, Cathy, tout comme les autres dont l'anxiété était, cependant, à son point culminant, comprit qu'aussi longtemps qu'elle percevrait ce bruit régulier de respiration derrière elle, tout irait bien.

Tout comme ses frères, cependant, elle détacha plus d'une fois son regard de la télévision pour surveiller l'homme endormi.

La veuve venait de comprendre que l'homme était un assassin; il leur avait tendu un piège à tous trois dans leur maison de campagne déserte. La mère, son petit garçon et sa petite fille se serraient les uns contre les autres dans une pièce obscure pendant que l'ombre de l'assassin se déplaçait lentement de l'autre côté de la fenêtre. Elle étouffa un cri et chuchota à son fils de courir chercher le couteau de chasse de leur père. Elle éteignit la dernière lumière qui éclairait la maison. Protégeant ses enfants, le couteau de chasse à la main, elle se tapit dans l'obscurité et attendit l'apparition du dément.

Marti, Cary, Sean, Patrick et Cathy elle-même se rapprochèrent de l'écran lorsqu'ils entendirent crisser le gravier sous les pas de l'assassin. Il avançait sans hâte vers la maison. Le visage tendu des spectateurs baignait dans le reflet de l'image pendant que le fou montait l'escalier de devant et enfonçait la porte.

Le jeune homme, revolver au poing, se glissa dans la villa obscure. La femme attendait avec le couteau. L'homme passa d'une pièce à l'autre, de plus en plus proche, jusqu'au moment où il vit les deux enfants sans défense, les yeux grands ouverts, dans un coin. La femme surgit de derrière la porte, le couteau jeta un éclair; l'homme au revolver s'affaissa. La femme, après un mouvement de recul, demeura debout au-dessus du corps qui gisait à ses pieds. Les deux enfants coururent vers leur mère, mais elle ne regardait que le couteau ensanglanté dans sa main, le couteau qui devenait de plus en plus grand et emplissait finalement l'écran tout entier.

Dans le salon, l'annonce publicitaire qui suivait ne parvint pas à dissiper l'ambiance tendue. Les quatre aînés se tournèrent avec crainte les uns vers les autres. La plus petite, qui avait les yeux rouges à force de lutter contre le sommeil, vint s'asseoir entre Sean et Cary. Nul n'entendit le texte de l'annonce car Patrick chuchotait :

« Il faut qu'on se procure un couteau. »

Cathy observa ses trois frères et tenta de deviner ce qu'ils pensaient. Personne ne s'était élevé contre l'idée de Patrick. La fillette regarda les trois garçons pendant un long moment, puis se tourna vers l'homme endormi sur le canapé. Elle chuchota, si bas que Patrick l'entendit à peine :

« Vas-y. Va chercher un couteau. Dans la cuisine. »

Sans bruit, le gamin s'élança hors du salon. Sean, Cary et la fillette n'osaient pas se regarder. Leur frère revint presque aussitôt avec un couteau à éplucher. Cathy siffla :

« Va en chercher un grand, le plus grand que tu peux trouver. Vite! »

Lorsque Patrick revint pour la seconde fois, ce fut avec un couteau de boucher de vingt-cinq centimètres de long. Dans la petite main du garçon, à la lueur de la télévision, la lame paraissait immense. Ils regardèrent, tous les quatre, l'acier d'un gris terne. Ce n'était pas un couteau acheté à la quincaillerie du coin, un inoxydable quelconque. C'était un vrai couteau, un couteau avec une virole sertie juste au bas du manche de noyer, un couteau avec trois gros rivets qui fixaient solidement le manche de bois au métal. Le tranchant luisait, inutilisé depuis qu'Avocados l'avait aiguisé pour découper les poulets, trois semaines auparavant.

Patrick tendit le couteau à Cathy, mais la fillette fixait des yeux l'homme sur le canapé. Était-ce cet air-là qu'on avait quand on était mort ? Les yeux de l'homme étaient clos, son visage à la peau cuivrée était dépourvu d'expression. Sa main reposait mollement sur les boutons nacrés de la chemise de rodéo. Cathy se pencha en avant pour voir s'il respirait, et ce fut seulement quand elle le regarda de très près qu'elle vit la main se soulever et retomber sur sa poitrine. Au bout d'une chaîne d'or, la médaille brillait à son cou.

L'Embrasseur eut un léger mouvement et les enfants retinrent leur souffle, horrifiés à l'idée que, d'une façon ou d'une autre, même pendant son sommeil, l'homme savait que les quatre enfants étaient là à le regarder, qu'il connaissait toutes leurs pensées.

Finalement, Cathy chuchota :

« Qui est-ce qui va le faire ? »

Patrick fit des moulinets au-dessus de l'homme

et du canapé. La lame tournoya si dangereusement que les autres reculèrent.

« Si tu crois que tu en es capable, dit Cathy à son frère, vas-y! Tout de suite! »

Patrick laissa retomber le couteau à son côté. Il secoua la tête. Cathy alla vers lui et dénoua ses doigts du manche. Elle se tourna vers Cary, lui saisit le bras et plaça de force le couteau dans sa main. Le gros garçon, tremblant et presque en larmes, recula aussi loin qu'il put de sa sœur.

« Sean ? »

En entendant la voix de Cathy, Sean leva la main en signe de dénégation.

La fillette se retourna vers Cary qui tenait toujours le couteau.

« Alors, c'est toi. Si tu le fais, je te promets qu'aucun de nous ne t'appellera plus jamais Grosse Larve. On va le jurer sur la Bible. »

Cary n'eut qu'un léger mouvement, mais ce fut pour faire non de la tête. Cathy, du regard, prit Sean et Patrick à témoin, et tous deux firent signe qu'ils tiendraient la promesse de Cathy.

« Vas-y! dit Patrick à son frère. Toi, tu peux! »

Cary tenait le couteau dans la main et, pour ne pas lui laisser le temps de faiblir, les trois autres poussèrent le gros garçon vers le canapé. Il se retrouva, soudain, en train de surplomber l'homme endormi. Ses frères et sa sœur sentaient que Cary tremblait de tous ses membres. Ils se tenaient hésitants derrière le gamin qui leva le couteau. A cette seconde précise, si leurs volontés combinées avaient pu l'y obliger, il aurait sans doute frappé, mais c'était vraiment une fâcheuse situation, et le gamin abaissa son arme pour ajuster le manche dans sa main.

« Vas-y! », souffla Patrick. L'homme, sur le canapé, s'agita.

« Chut! » Cathy, par égard pour Cary, faisait signe à Patrick de ne plus dire un seul mot.

Cary leva le couteau.

Sur le sol, au pied des autres, Marti s'agita puis se mit à ramper vers l'écran. Elle se haussa sur ses genoux, atteignit la commande du son et fit faire au bouton un tour complet. Le western lâcha une salve de coups de feu, et le dormeur, brusquement réveillé, se dressa sur son séant. La pièce résonnait de coups de pistolet. L'homme secoua sa tête ensommeillée, et son œil valide se posa sur le gros garçon qui brandissait au-dessus de lui un couteau effilé.

L'Embrasseur bondit hors de portée du gamin et les enfants reculèrent pêle-mêle.

Le cri que Cathy adressa à son frère, et qui voulait être un ordre, ne fut qu'un hurlement incompréhensible. Désespérément, de toutes ses forces, elle poussa le gros garçon en avant, et Cary, en tombant, plongea le couteau dans l'épaule de l'Embrasseur.

L'homme, abasourdi, regardait avec incrédulité, et comme si cela avait été son unique souci, la chemise de rodéo déchirée. Une tache de sang commença à s'étaler sur l'étoffe jaune. Le couteau tomba sur la moquette.

Avec un rugissement, l'homme lança son poing et atteignit Cary en plein visage. Le coup fit voler les lunettes du gamin, et celui-ci, projeté sur le côté, alla s'effondrer au bout du canapé.

L'Embrasseur palpa la blessure et sa main s'emplit de sang. L'homme, furieux, regarda d'abord l'enfant sur le canapé, puis les autres : Cathy et Patrick dans un coin, Sean et Marti contre le mur. On aurait dit un animal blessé en train de se demander où il allait porter son attaque.

Pour Cary, sans lunettes, le monde n'était qu'un brouillard. Il vit une silhouette se profiler au-dessus de lui et, dégringolant du canapé, fit tout ce qu'il put pour se remettre sur pied et échapper à l'homme ensanglanté. Avec des sanglots désespérés, il appela Cathy à son aide. Mais la fillette, cramponnée à Patrick, tremblait de frayeur.

L'Embrasseur était sur le point de charger et Cary sentit ses jambes devenir toutes molles. Serait-il capable de faire encore un seul geste ? Puis l'homme poussa un rugissement et Cary, à sa grande surprise, trouva la force de tourner les talons, de plonger à travers la porte à claire-voie, et même de la claquer derrière lui. L'homme repoussa violemment les battants et se lança à sa poursuite. Dans le hall, il essaya d'attraper le gamin, mais ce dernier se jeta de côté et se précipita dans l'escalier. Perdant son souffle et aveuglé par les larmes, le petit, rassemblant ses dernières forces, grimpa tout en haut de l'escalier, au second étage, et se rua dans la chambre de ses parents.

Les pas de l'Embrasseur firent résonner l'escalier.

Cary chercha désespérément un coin où se cacher. Sur la pointe des pieds, il pénétra dans la penderie de sa mère, fit glisser la porte du placard avec le moins de bruit possible et, reculant dans le noir, se réfugia parmi les robes et les manteaux qui dégageaient une odeur pesante de boules antimites.

Sur le palier, à l'extérieur de la chambre, Cary pouvait entendre l'Embrasseur qui reprenait son souffle.

En bas, dans le salon de T.V., Sean prit avec lui Marti toute tremblante et l'entraîna dans la lingerie, attenante à la cuisine, où ils se dissimulèrent tous les deux dans l'obscurité. Cathy et Patrick étaient tapis dans un coin et le garçon fut tout surpris de voir une sagaie dans sa main. La pointe acérée était dirigée vers la porte.

Dans le placard de Paula Moss, Cary, tremblant de terreur, la main sur sa bouche, faisait tout ce qu'il pouvait pour étouffer le bruit de sa respiration. La porte de la chambre s'ouvrit. Un bruit de pas : ils traversaient la pièce; ils venaient vers lui. A quelques pas de Cary, la porte de la salle de bain s'ouvrit puis se referma en claquant. Les pas approchèrent du placard.

Cary s'enfonça dans le noir et s'aplatit contre le mur. Il retint son souffle. Puis, brusquement, la porte coulissante s'ouvrit et la lumière inonda le placard. Dans un brouillard, le garçonnet vit les vêtements balayés sur le côté et se trouva face à face avec l'Embrasseur. De la main qu'il avait portée à son épaule ensanglantée, l'homme plongea dans la poche de son pantalon et en sortit un couteau. La lame jaillit. Le gamin fut pris d'une terreur aveugle. Il arracha des cintres les vêtements de sa mère et les fit tomber pêle-mêle sur l'homme blessé. Pendant que l'Embrasseur se débarrassait des vêtements qui l'empêtraient, Cary le bouscula et s'échappa de la penderie.

Cary, toujours dans un brouillard, atteignit l'escalier. Il empoigna la rampe. En se retournant, il vit l'Embrasseur debout sur le palier, son couteau à la main. Le gamin trébucha et s'étala sur la moquette. Se relevant avec peine, il parvint à traverser le hall et à gagner le salon.

Dès qu'il fut à l'intérieur, Cathy claqua la porte et donna un tour de clef. Cary, plié en deux, essayait de reprendre sa respiration, mais il était incapable de parler et de faire comprendre à sa sœur et à son frère que l'homme était armé d'un couteau.

Dans le hall, l'Embrasseur donna un coup de pied aux battants à claire-voie. La serrure céda. La double porte s'ouvrit brusquement et l'homme apparut, essuyant sa main ensanglantée sur sa chemise, et regardant les trois enfants réfugiés dans un coin. Patrick tendit ses lunettes à Cary et le gamin les ajusta sur son nez juste à temps pour voir l'Embrasseur et le couteau se diriger vers lui. Il tomba à genoux, les épaules secouées de sanglots.

Patrick, instinctivement, brandit la sagaie en direction de l'homme. Mû par la peur et le désespoir, il donna un coup de pointe pour arrêter l'homme. L'Embrasseur fit un pas de côté et évita la pointe acérée. Nouveau coup de sagaie. Nouvelle esquive de l'homme. Puis, comme Patrick le repoussait toujours du bout de son arme, l'Embrasseur, après avoir passé un doigt sur sa moustache, allongea le bras, souleva le fauteuil de Cathy et, s'en servant comme d'un bouclier, se remit à avancer.

Patrick frappa. La pointe aiguë érafla la main qui tenait le couteau et celui-ci tomba à terre.

L'Embrasseur s'immobilisa. Il regarda d'abord le gamin et la sagaie, puis sa main blessée. Brusquement, il empoigna la hampe de la sagaie et, s'en servant comme d'un levier, rejeta Patrick sur le côté.

Cary courut se cacher derrière le canapé.

Lentement, délibérément, l'homme alla vers la cheminée et prit un tisonnier noirci. Il le soupesa, puis armé du tisonnier, s'avança pour déloger le gamin de sa cachette.

Cary essaya de se relever et retomba sur son derrière. Il était acculé, par sa faute, au récepteur de télévision dont les couleurs brillaient derrière lui. Lentement, l'Embrasseur leva le tisonnier. Cary se tourna vers le mur. Il se coucha par terre, essayant désespérément de protéger son crâne avec ses bras et de se faufiler sous le meuble.

Le lourd tisonnier heurta l'écran et fracassa la double surface de verre. Semblable à celui de la foudre, un grand éclair blanc illumina la pièce. 24 000 volts jaillirent de l'écran et, attirés par le tisonnier, passèrent dans le corps de l'homme qui se raidit et se replia sur lui-même. L'Embrasseur tomba, et son corps fut arrosé d'une pluie d'éclats de verre par l'écran qui venait d'imploser.

La maison fut brusquement et totalement plongée dans le noir. Les pleurs de Cary emplissaient l'obscurité.

Sean, dans la lingerie, attendit un long moment, puis il prit Marti par la main et regagna la cuisine en tâtonnant dans le noir. Parvenu au fourneau, il ouvrit un brûleur et la flamme bleue du gaz lui donna assez de clarté pour chercher la lampe électrique dans le tiroir à outils de la cuisine. Dirigeant le rayon de la rampe droit devant lui, Sean guida sa petite sœur à travers le hall vers le salon de T.V.

Cathy et Patrick, hagards, apparurent dans le faisceau de lumière et rejoignirent Sean et Marti. Le rayon de la lampe balaya la pièce, s'arrêta sur les débris fumants de la télévision et vint se poser sur Cary qui était sorti en rampant de dessous le récepteur calciné.

Immobiles dans le noir, ils virent Sean qui, à la lueur de sa lampe, débranchait la prise de la télévision. Il prit ensuite la peau de zèbre sur le canapé et recouvrit le cadavre qui gisait parmi les éclats de verre.

XVI

LE soleil, brillant et chaud à travers la fenêtre, inonda la petite Marti, blottie contre sa sœur, dans le lit. Cathy bougea un bras. Sur le sol, les garçons, dans leur sac de couchage, avaient repoussé l'épais duvet.

La nuit précédente, ils s'étaient entassés tous les cinq sur le lit de Cathy jusqu'à ce que, peu à peu, leurs pleurnichements prennent fin. Marti seule avait continué à sangloter, et chacun s'était efforcé d'apaiser la petite, durant des heures, jusqu'à ce que son corps tremblant soit calmé. Mais, tout au long de la nuit, ses cris intermittents avaient tenu sa sœur et ses frères en alerte et ils avaient jeté en frissonnant d'innombrables coups d'œil sur la porte de la chambre fermée à double tour, la porte qui les séparait de ce qu'il y avait en bas, dans le salon de la T.V.

Cathy fut la première à s'éveiller. Elle avait le soleil dans les yeux. Son regard tomba sur les taches qui maculaient son tricot, et elle essaya de gratter le sang séché qui recouvrait le coton. Elle se précipita dans la salle de bain, retira sa chemise de nuit et l'enfonça dans le panier d'osier déjà plein. Elle tira la porte de la douche, pénétra à l'intérieur et ouvrit en grand le robinet d'eau froide. Avec un gant de toilette et un morceau de savon, elle frotta son corps jusqu'à ce que sa peau brûlée par le soleil lui donne l'impression d'être à vif.

Sean ouvrit les yeux et regarda vers le lit de Cathy. Marti dormait encore, mais sa sœur aînée n'était plus là.

Cary, entortillé dans son sac de couchage, fit tout ce qu'il put pour continuer à dormir. Il tira le duvet par-dessus sa tête et s'efforça de le tenir fermé à la lumière du soleil et au bruit des vagues sur la plage. Il y parvint. Dans la molle obscurité du sac, il tripota son pénis jusqu'à ce qu'il durcisse. Puis la chaleur, la sécurité, le plaisir que Cary venait de ressentir dans le noir s'évanouirent d'un coup. Toute la terreur de la soirée précédente, la poursuite, ses efforts pour échapper à l'Embrasseur envahirent son univers secret. Son pénis retomba, inerte. Il frissonna. Il revoyait le couteau plongeant dans le corps de l'homme, le sang qui coulait. Cherchant à retrouver son souffle comme un plongeur qui fait surface, Cary rejeta le sac de couchage et se mit sur ses pieds. Il attrapa sa chemisette pour couvrir son gros corps et eut un nouveau frisson en voyant la rouille rougeâtre et desséchée du sang. Il jeta la chemisette sur le sol et courut sur ses pieds plats jusqu'à sa propre chambre, où il enveloppa son estomac rose dans une chemise propre ornée d'un dessin de fleurs.

Tout près du lit de Cathy, Patrick souleva sa tête, leva les yeux et s'aperçut qu'à part Marti endormie, il était seul dans la pièce. Quelque chose lui faisait mal, mais ce n'était pas son bras bandé. C'était sa main droite qu'il sentait palpiter. Il avança l'autre main pour reconnaître l'origine de la douleur et ses doigts découvrirent, dans la paume de la main, une légère enflure. Il pressa sur l'endroit sensible et la douleur lui arracha un cri. Il se glissa hors de son sac de couchage, cligna des yeux à la lumière du soleil et examina l'enflure. Lorsqu'il fut parvenu à ouvrir tout à fait les yeux, Patrick vit qu'une écharde était logée dans sa main. La blessure était déjà enflammée. Il appuya la paume contre sa bouche et, alors qu'il essayait d'attraper l'extrémité de l'écharde avec les dents, il revit soudain l'homme aux cheveux noirs qui approchait de lui avec le couteau. Il se revit lui-même en train de brandir la sagaie. Voilà d'où venait l'écharde : de la hampe de bois de cette vieille sagaie.

Patrick ne perdit pas davantage de temps à réfléchir : il courut au palier et se mit à appeler Cathy.

Ses cris attirèrent Cary et Sean sur le palier où le gamin, habituellement si courageux, était en larmes. Il leur montra sa main blessé et les supplia d'aller chercher leur sœur aînée pour qu'elle vienne retirer l'écharde.

Les garçons trouvèrent la fillette en train de se sécher avec une serviette de bain aussi grande qu'elle. Cathy noua la serviette autour de son corps tout propre et tout rouge, et courut au palier d'où elle jeta un regard vers le bas de l'escalier et le salon de la T.V.

« Cathy! hurla Patrick en tenant sa main.

— La ferme », lui répondit-elle. Mais d'une voix plus douce, elle ajouta :

« Bon! Qu'est-ce qu'il y a de si terrible? »

Patrick lui montra sa blessure.

« Tu vois, lui dit-il avec orgueil. J'ai attrapé ça quand je lui ai donné le coup de lance. »

La fillette emmena Patrick à la lumière d'une fenêtre et elle se mit en devoir d'extraire l'écharde. Lorsque le gamin tressaillit et se mit à pleurer, elle dit, en le tirant un peu plus près de la fenêtre :

« Tu as fini de faire le bébé?

— Bon sang! Tu me fais mal. »

Il jeta à sa sœur un regard furieux.

« Je pourrais te donner un coup de lance à toi aussi, tu sais ?

— Grand héros!

— Si je n'avais pas pris cette écharde, il aurait eu Cary. Pas vrai ?

— Tiens-toi tranquille, je vais chercher une pince à épiler. »

Cathy trouva une pince dont Paula se servait pour arracher les poils indésirables, et elle en enfonça l'extrémité sous la peau de Patrick. Pendant qu'il hurlait, elle retira une longue écharde.

« Voilà! Ça t'apprendra, grand héros!

— Tu es la sœur la plus méchante du monde.

— Tâche de t'en souvenir. Maintenant, tu vas prouver que tu es vraiment un héros, ajouta Cathy sur un ton très sérieux. Descends et va voir s'il est toujours là. »

Un silence brutal tomba sur les enfants. Cathy venait de leur rappeler la vision du mort étendu, parmi les éclats de verre, sous la peau de zèbre.

« Il est peut-être parti, chuchota Patrick en essayant d'avoir l'air optimiste.

— Vas-y et rends-toi compte par toi-même! » ordonna Cathy.

Elle conduisit Patrick en haut de l'escalier et le poussa en avant. Les autres garçons restèrent à attendre avec Cathy. Ils virent Patrick descendre l'escalier, une marche après l'autre, et disparaître dans le salon de T.V. Un instant plus tard, il passa la tête dans le hall.

« Il est toujours là. »

Les enfants vinrent jeter un coup d'œil à l'intérieur de la pièce : le mobilier était sens dessus dessous, la télévision sans vie, l'écran en miettes. Marti bouscula Patrick et les autres et se fit un chemin jusqu'au récepteur. Elle contourna le corps de l'Embrasseur et manipula à plusieurs reprises le boîtier de commande. Puis, consternée, elle se tourna vers les autres, dans l'embrasure de la porte :

« Elle est vraiment cassée. »

Le regard de Cathy se posa sur la masse du cadavre recouvert par la peau de zèbre. Soudain, elle frissonna, tourna les talons et entraîna les autres à sa suite. Lorsqu'ils furent sortis de la pièce, elle ferma à clef la porte à claire-voie et laissa retomber la clef au bout de la lanière de cuir qui entourait son cou. Tout autour d'elle, l'obscurité du hall paraissait insupportable.

« Allumez toutes les lumières! »

Cary fit jouer l'interrupteur, mais nulle lumière ne chassa la pénombre du hall. Cathy courut à la cuisine inondée de soleil. Elle s'arrêta, imitée par les autres, en sentant ses pieds nus qui pataugeaient dans une flaque d'eau.

« Ça vient du réfrigérateur, dit Cary. La porte est ouverte.

— Les plombs ont sauté, dit Sean. Sans électricité, plus rien ne marche. »

Il se dirigea vers la porte de derrière.

Cathy s'écria :

« Où vas-tu? »

Sean ne répondit pas; lorsque les autres le suivirent dans le garage obscur jusqu'à l'armoire à fusibles, ils comprirent qu'il s'employait à rétablir le courant. Ils le regardèrent tous les quatre farfouiller dans l'armoire, retirer un fusible, puis le remettre en place.

« Cathy, ouvre la porte du garage que j'y voie! »

Ensemble, Cathy, Patrick et Cary poussèrent de toutes leurs forces le lourd panneau. Lorsqu'ils parvinrent à le soulever, le soleil de l'après-midi inonda le garage et se refléta dans l'immense Lincoln.

« C'est réparé, s'écria Sean. La lumière est revenue. »

Mais les trois autres ne partagèrent pas son enthousiasme. Ils étaient en train de regarder dehors, sur la route.

« Son vieux tacot, dit Patrick d'une voix calme. Il est toujours là.

— Hé vous, les petits Moss! Venez un peu ici! »

C'était le gardien de la Colonie qui les appelait, celui qui portait un uniforme et qui logeait dans le pavillon à l'entrée.

« Oui, vous. Venez ici, j'ai à vous parler. »

Le vieil homme faisait signe à Cathy de venir avec les quatre enfants jusqu'à la vieille De Soto.

Une frayeur brutale tordit l'estomac de la fillette. Sean la prit par le bras : il savait qu'elle n'avait qu'une envie, prendre la fuite vers la maison. Mais le regard autoritaire du gardien obligea les enfants à obéir et lentement, protégeant leurs yeux contre le soleil, ils s'avancèrent vers lui.

Le gardien qui, d'ordinaire, était de bonne humeur et avait toujours un mot gentil pour les petits Moss, ne semblait guère avoir envie de plaisanter. Il baissa les yeux sur les cinq enfants, les observa et leur montra clairement que rien ne lui échappait.

La fillette, les yeux levés, fixait son visage ridé. Il finit par dire : « Bon. Est-ce que l'un d'entre vous peut m'expliquer ce qui se passe ici ? »

Les quatres autres attendaient que Cathy réponde. Mais elle ne disait rien.

« Ce vieux tas de ferraille, cette De Soto? Qu'est-ce que ça signifie ? »

Cathy aurait bien voulu répondre quelque chose, mais tout ce dont elle fut capable, ce fut de rester plantée là sans un mot pendant qu'il la regardait de toute sa hauteur.

« C'est à vous que je parle, Cathy Moss, poursuivit le gardien. Cette De Soto qui est là appartient au petit ami mexicain de votre bonne, pas vrai? »

Cathy, incapable de mentir sous le regard pénétrant du vieux gardien, acquiesça :

« Oui, M'sieur.

— Ça fait au moins deux jours qu'elle est garée devant chez vous. »

Son regard enveloppa les quatre autres enfants. Si l'un d'eux avait quelque chose à dire, c'était le moment. « Je sais que vos parents sont absents. Je sais aussi que sa voiture n'a rien à faire là. »

Les garçons se tenaient bien sagement derrière Cathy et attendaient que le drame éclate.

« Dès que vous serez rentrés chez vous, je veux que vous disiez à votre bonne de faire sortir de là son petit ami — *pronto!* »

Cathy, comprenant que l'interrogatoire touchait à sa fin, retrouva quelques couleurs.

« Oui, M'sieur, je vais le lui dire.

— Rappelez-vous. Je veux qu'il décanille de là, lui et sa vieille voiture. Si cette guimbarde est encore là quand je prendrai mon service demain matin, je serai obligé d'avoir une petite conversation avec la senorita. Mettez-vous bien ça dans la tête, et répétez-lui ce que je vous ai dit.

— Mais elle ne parle pas anglais, se risqua à dire Sean.

— Dites-le-lui quand même. Elle comprendra très bien. »

Les enfants furent soulagés lorsque le gardien leur tourna le dos et reprit le chemin de son pavillon. Il fit quelques pas et se retourna vers les enfants :

« Demain matin, je ne veux plus personne! »

XVII

« QU'EST-CE qu'on fait ? »

Ils étaient tous dans la cuisine et Sean demandait à Cathy :

« Qu'est-ce qu'on fait avec la voiture ? »

La petite fille répondit par une attaque de son cru.

« Vous auriez pu dire quelque chose, devant le gardien. Vous me laissez toujours parler! »

Cary retira le doigt de Marti de son nez et dit, toujours optimiste :

« Le gardien ne sait pas qu'*elle* n'est pas là.

— Il va s'en apercevoir demain, quand il reviendra, répondit Patrick.

— Oui! *Si* la voiture est toujours là. »

La remarque de Sean plana dans l'air. C'était une accusation contre Cathy, une façon d'exiger qu'elle prenne une décision. Mais la fillette tourna le dos à ses frères et se mit à regarder par la fenêtre brisée. Elle laissait tout tomber. Elle ne voulait plus entendre parler ni de la voiture sur la route ni du cadavre couché par terre de l'autre côté de la porte. Sean, à la surprise de ses frères, empoigna Cathy par l'épaule et l'obligea à se tourner vers eux.

« Sa bagnole est là, dehors, et elle n'est pas près de s'en aller! Lui, il est là et il n'est pas près de s'en aller non plus, si personne ne fait rien. »

La fillette, en larmes, cria :

« Tu es bien malin, tout à coup! Tu n'as qu'à faire quelque chose, ça changera!

— Cathy, je demandais seulement...

— Ce n'est pas la peine de crier. Je ne suis pas sourde, moi! »

Elle repoussa brusquement son frère et alla se planter, à l'écart des autres, devant l'évier dont elle agrippa le rebord de plastique. Son corps était tout raide. Cary pataugea sur le sol mouillé et vint à côté d'elle.

« Cathy? »

Sous son regard, la petite fille détourna son visage. Il tendit la main vers elle, mais Cathy le repoussa. Cary, à la vue de ses larmes, était bien embarrassé. La façon dont sa sœur l'avait repoussé, ses pleurs silencieux lui faisaient terriblement sentir qu'un événement tout à fait incontrôlable s'était produit dans leur vie.

Il revint vers les autres et chuchota, comme s'il n'arrivait pas à croire ce qu'il disait :

« Elle pleure! »

Sean ne fit pas un geste.

« Laisse-la. Faut qu'on trouve un moyen de se débarrasser de cette voiture. »

Cary et Patrick commençaient à se bousculer devant le réfrigérateur ouvert. Sean, voyant cela, prit avec colère le chemin de la porte.

« Où est-ce que tu vas? s'écria Cary.

— Dehors, dans mon château. Là, au moins, je peux réfléchir! »

Tard dans la journée, les clochettes de cuivre indiennes tintèrent à la porte et tirèrent de leur léthargie Cathy, Cary et Patrick. Ils étaient toujours dans la cuisine. Patrick enjamba Marti qui était en train de jouer avec une boîte de céréales toute mouillée.

« Je vais ouvrir. »

Cathy lui barra le passage.

« C'est moi qui y vais. »

Cette fois encore, en se dirigeant vers le hall, c'était elle qui prenait l'initiative.

Elle entrebâilla la porte et se trouva face à face avec le jardinier japonais.

« Votre frère, celui qui pêche. Il est là? »

Cathy montra la plage du doigt et claqua la porte au nez du vieux bonhomme.

Sean sentit que quelqu'un l'observait et, jetant

un regard par-dessus le mur de son château, il vit le jardinier qui lui tendait, en guise d'invitation, une canne à pêche.

Côte à côte, le jardinier et le petit garçon traversèrent la plage de sable mou et descendirent dans les rochers qui pointaient hors de l'eau.

Le vieil homme tendit à Sean son couteau et désigna un gros bloc de moules. Sean attendit le retrait d'une vague et sauta sur le rocher. Il enfonça le couteau du jardinier au cœur des tiges raides d'un bouquet d'anatifes à col de cygne, tailla rapidement dans les filaments serrés qui retenaient les coquillages, en préleva une grappe et rejoignit le pêcheur avec une poignée de moules mauves et noires. Comme l'enfant lui rendait le couteau, le vieil homme fit signe à Sean de le garder et d'ouvrir lui-même les coquillages. Le petit introduisit la lame entre les deux moitiés d'une moule et l'enfonça profondément. La bête cracha de l'écume, et, lorsque Sean eut tranché le muscle abducteur, les coquilles jumelles se séparèrent et montrèrent une chair orange et des entrailles filandreuses. Se souvenant de la façon dont le pêcheur avait séparé la chair de la coquille, Sean détacha l'appât. Prenant l'hameçon que lui tendait le vieil homme, il fixa ensuite la chair de la moule sur sa pointe. Le jardinier s'assura que l'appât était bien fixé à l'hameçon et tendit la canne à Sean.

Ensemble, le vieil homme et le petit garçon s'avancèrent dans les brisants. Le vieux pêcheur désigna un endroit, juste à la gauche d'un grand rocher. C'était là que Sean devait jeter son hameçon.

Alors que le soleil se couchait, le vieil homme et Sean demeurèrent l'un à côté de l'autre à attendre un poisson invisible, à attendre patiemment sans se soucier ni de l'heure ni des problèmes de l'univers. Le petit garçon se sentait bien et soudain à l'aise comme il ne l'avait pas été depuis longtemps. Et brusquement, alors qu'il jetait un regard de côté au visage impassible du jardinier, il eut une bouffée d'espoir. Le vieil homme était peut-être leur solution. Il était capable, lui, de conduire la voiture! Il fallait avoir seulement le courage de lui dire ce qui était arrivé; le vieux pêcheur comprendrait et, sans aucun doute, les aiderait. Sean chercha dans sa tête le meilleur moyen de parler à son ami de la bonne et de l'Embrasseur, et de tout ce qui s'était passé dans la villa. Oui, le vieil homme pouvait résoudre leurs problèmes, il pouvait faire quelque chose. Sean commença par demander :

« Vous savez conduire une vieille voiture? »

Le visage du Japonais perdit brusquement son impassibilité; le bonhomme parut embarrassé et eut un petit rire contraint :

« La mienne est bien vieille. C'est ce que tu veux dire? »

Sean comprit qu'il ferait mieux de tout recommencer.

« Je veux dire : si vous aviez une vieille voiture dont vous ne voulez plus et dont personne d'autre ne veut plus non plus, comment feriez-vous pour vous en débarrasser ? »

Le vieil homme sentit que l'étrange question du gamin renfermait un sens caché. Il était âgé et avait sans doute assez de sagesse pour comprendre que ce garçon taciturne avait quelque chose d'important à lui dire.

Alors qu'il attendait d'en savoir plus long, alors qu'il réfléchissait à ce que signifiaient les questions de Sean, il vit l'extrémité de la canne à pêche se courber avec régularité. Comme le gamin restait sans réaction, le pêcheur réapparut aussitôt dans le vieux Japonais. Il arracha la canne à pêche des mains de Sean et ferra brusquement.

« Tu en as un! »

Il rendit alors la canne à Sean, et le petit sentit le poisson se tortiller et faire des sauts au bout de la ligne de nylon qui le maintenait solidement.

« Amène-le, vite! »

Sean rebobina la ligne humide aussi vite qu'il put. Une vague explosa. En se brisant et en allant rouler sur la plage, elle déposa le poisson, et l'hameçon auquel il était accroché, aux pieds du gamin. Celui-ci retira la ligne de l'eau et leva une perche de mer à toutes petites raies. Sean saisit le poisson tout frétillant, et, les doigts serrés sur les écailles, il retira soigneusement l'hameçon de sa gueule. Pendant un instant, il regarda de près le poisson brillant.

« Trop petit ? »

Le pêcheur fit oui de la tête, et Sean rejeta le poisson dans une flaque laissée par la marée, où il se mit à nager désespérément pour atteindre les profondeurs. Une vague arriva : le poisson trouva de l'eau pour faire fonctionner ses nageoires et sa queue, et, d'un coup sec de celle-ci, disparut.

Un cri se fit entendre au-dessus du fracas des vagues. Sean vit, dans le patio, Cathy qui lui faisait signe de rentrer. Il jeta un regard à l'homme, et comprit qu'il ne pourrait jamais lui dire ce qui était arrivé. Il remercia son ami, lui tendit sa canne et courut à la maison.

Cathy fit entrer Sean dans la cuisine et l'interrogea.

« Qu'est-ce que tu lui as dit ? »

Le garçon ne répondit pas. Il alla s'asseoir dans le coin-repas et regarda Cathy qui, pour le moins, se préparait à faire un discours.

« J'ai réfléchi toute la journée, dit-elle. Il n'y a qu'une chose à faire, c'est virer la bagnole nous-mêmes. »

Cary et Patrick eurent un murmure d'incrédulité, mais la fillette poursuivit :

« Si on le fait très tôt le matin, avant qu'il fasse

jour, il n'y aura pas d'autres voitures sur la route. Personne ne nous verra. On peut conduire la voiture jusqu'aux falaises et la pousser dans l'océan. Lui et la voiture, ils ne les retrouveront jamais. »

Cathy s'assit. Elle n'osait presque plus respirer en attendant leurs réactions.

« Mais comment est-ce qu'on va faire pour passer devant le gardien, à la porte ? »

La réponse de Cathy montra qu'elle avait pensé au gardien.

« On passera en douceur.

— En douceur ? » gémit Patrick.

La fillette coupa court à tout commentaire.

« On peut. Si c'est tard dans la nuit. J'ai tout prévu. On va mettre le réveil, et on se lèvera à quatre heures. »

Sean se dit que la question la plus importante n'avait pas encore été posée. Il hésita pourtant à la formuler et le silence encouragea Cathy à poursuivre :

« On mettra nos bicyclettes dans la voiture pour pouvoir rentrer à la maison. Vous voyez? J'ai pensé à tout! »

Patrick sauta sur ses pieds :

« Moi, j'veux pousser la voiture.

— Non! On fera ça par ordre d'ancienneté. Les trois plus vieux. Toi, tu restes ici et tu t'occupes de Marti. »

La bouche de Patrick s'ouvrit en signe d'incrédulité. Il allait se mettre à hurler des protestations, mais Cathy lui cloua le bec avant qu'il ait pu commencer :

« Tu restes ici avec Marti, sinon : plus de télé pour toi. Jamais plus! »

La réplique assomma le gamin qui retomba assis.

Sean sentit alors qu'il devait prendre la parole.

« Il y a juste une chose... »

Cathy lui adressa un long regard interrogateur, comme si elle craignait que son frère ne s'oppose à son projet, et le garçon affronta son regard. Il savait qu'à ce moment précis quelqu'un devait lui tenir tête. Il parla si bas que les autres durent se rapprocher pour entendre.

« Comment va-t-on faire pour conduire ce vieux tacot?

— On le fera, voilà tout. Maintenant, on va tous au lit, et tout de suite, pour qu'on soit levés avant le jour. »

Elle prit Marti par la main et sortit la première de la cuisine.

XVIII

SUR la table de nuit de Cathy, la radio réveille-matin se déclencha à quatre heures. La fillette donna un coup de patte sur le commutateur, et la musique se tut. Elle sortit de ses draps, enfila son maillot de bain et son tricot, et se glissa jusqu'au sac de couchage de Sean.

Son frère avait, lui aussi, entendu la musique. En se tortillant, il sortit de la chaleur de son duvet et passa son blue-jean déchiré.

« Ne réveille pas Patrick et Marti », chuchota Cathy. Cary était pelotonné dans les profondeurs de son sac de couchage. Cathy se dirigea vers lui à pas de loup, et le poussa du doigt jusqu'à ce qu'il sorte la tête et cligne des yeux dans sa direction. Le gamin, tout endormi, allongea la main et partit à la recherche de ses lunettes qu'il avait soigneusement déposées sous le lit de Cathy.

« Prends tes chaussures à la main! »

Cary s'habilla et courut en trébuchant à la suite de son frère et de sa sœur qui avaient déjà commencé à descendre. Quand elle fut parvenue au salon de T.V., Cathy s'arrêta pour prendre la clef à son cou et déverrouiller la porte, puis la fillette et les deux garçons avancèrent dans le noir. Leurs chaussures de tennis firent crisser le verre sur le sol.

Le corps, enveloppé dans son linceul, était là. Sur la pointe des pieds, Cathy passa entre l'écran inerte de la télévision et le mort pour atteindre la fenêtre et tirer les rideaux.

« Je vais allumer, chuchota Cary.

— Non! ordonna la fillette. Quelqu'un pourrait nous voir. »

Elle tira les rideaux et regarda par la baie vitrée. Des étoiles piquetaient le ciel, et une lune tardive répandait assez de pâle lumière pour que l'on distingue nettement les rayures de la peau de zèbre.

Cathy poussa Cary en direction du cadavre :

« Va voir dans sa poche et prends *toutes* les clefs! »

Le gamin avala sa salive et obéit. Prenant garde de ne pas faire glisser la partie de la fourrure qui recouvrait le visage du mort, il souleva la peau de zèbre et découvrit des chaussures noires, un pantalon noir et un morceau de la chemise jaune pâle.

Cathy tendit le doigt.

« Vérifie *toutes* les poches! »

Le garçonnet secoua la tête et battit en retraite. Cathy le poussa de côté.

« Alors, c'est moi qui vais le faire! »

Tâtant d'abord une poche, puis faisant le tour du cadavre pour explorer la poche du côté opposé, la fillette finit par trouver les clefs de la Lincoln et de la De Soto.

« Et celle de l'armoire à fusils! » dit Sean. Elle rabattit la peau sur le corps.

« Maintenant il faut qu'on l'emballe dans la peau de zèbre pour pouvoir le sortir d'ici. »

Sean vint aider Cathy à « emballer » le cadavre. Ils le firent rouler d'un côté et de l'autre, sur les débris de verre. Puis Cary et Sean empoignèrent la peau et, passant devant l'écran de télévision, se mirent à tirer leur fardeau vers la porte. Cela leur prit toute leur énergie, mais en y mettant le temps, ils parvinrent à faire passer le cadavre par la porte à claire-voie et à le tirer dans le hall.

« Par la cuisine? » chuchota Sean. Cathy fit oui de la tête.

Alors qu'ils se remettaient à progresser à travers le hall, Patrick et Marti firent leur apparition dans l'escalier. Patrick, tout habillé et chaussé, descendit en courant les dernière marches.

« J'veux vous aider! »

Cathy faillit le renvoyer dans sa chambre, puis elle se rappela qu'il y avait autre chose à faire.

« Très bien, dit-elle, toujours à voix basse. Va voir en haut. Ramasse toutes ses affaires, et porte-les au garage. Aussi vite que tu peux. Marti, tu peux l'aider. Dépêchez-vous! »

Patrick et la petite fille firent demi-tour et se précipitèrent vers le haut de l'escalier.

Les trois autres halèrent le corps sur le sol de la cuisine à travers les papiers mouillés. Ils lui firent franchir la porte de derrière et le tirèrent à travers le jardin. Dans le garage, ils appuyèrent le mort contre le pare-chocs chromé de la Lincoln gris métallisé de leur mère.

Cathy alla sur le pas de la porte et scruta la route obscure, qui était à cette heure-là vide de toute vie. Le seul mouvement perceptible provenait du frémissement des tiges de bambous dans le jardin d'à côté. Un grillon solitaire chantait.

De l'autre côté de la rue, la vieille voiture était toujours là.

La fillette fit quelques pas dans la nuit, jeta de nouveau un regard sur la route, puis traversa celle-ci en courant et ouvrit le coffre de la voiture. Cary, Sean et Patrick apportaient les vêtements de l'Embrasseur ainsi qu'une trousse de toilette qu'ils jetèrent dans le coffre, sur la roue de secours.

« Vous avez laissé tomber une chemise », souffla Cathy.

Une fois que la chemise fut en sûreté à l'intérieur du coffre, la fillette jeta un regard sous le couvercle.

« Parfait. C'est bien assez grand pour lui. Allez chercher les vélos. Et mettez-les derrière le siège avant. »

Sous le regard attentif de Marti, les garçons prirent trois bicyclettes dans le garage, les firent rouler jusqu'à la De Soto et les entassèrent sur la banquette arrière. Ils attendirent l'ordre suivant.

« A lui maintenant », commanda tranquillement Cathy.

Quand ce fut le moment de tirer le corps du garage jusqu'à la vieille voiture, Cathy se félicita que Patrick soit venu les aider. A un certain moment, la peau de zèbre glissa du visage de l'Embrasseur, et ils cessèrent tous les quatre de respirer. Patrick saisit la peau et recouvrit à nouveau la tête brune. Puis, de toutes ses forces, il se mit à tirer le cadavre par les épaules.

Quand ils furent parvenus au pare-chocs arrière, il fallut l'effort combiné des quatre enfants pour soulever le corps à soixante centimètres au-dessus de l'asphalte et le faire basculer dans le coffre.

Vers le bas de la route, un chien aboya. Les bambous s'agitèrent dans ce vent sec du désert que les Californiens du Sud appellent Santana.

Avec précaution, sans même un déclic qui les aurait trahis dans l'obscurité, Cathy abaissa le couvercle du coffre et le ferma. Elle se tourna alors vers l'aîné des garçons.

« Sean, tu sais que c'est toi qui conduis, je suppose. »

Le garçon la regarda.

« Tu es le seul capable d'imaginer comment on fait. »

La décision qu'elle avait prise était si définitive, son raisonnement si cohérent, que le garçon n'osa avouer l'impuissance qu'il ressentait et combien la seule idée de grimper derrière le volant le paralysait de peur.

« Allons-y. Il faut qu'on la fasse démarrer. »

Cathy donna les clefs à son frère qui ouvrit la portière avant et regarda à l'intérieur.

« Vas-y », le pressa la fillette. Lentement, Sean s'installa au volant. Il empoigna celui-ci des deux mains et le fit tourner, pour voir. Puis il regarda devant lui. Sa tête atteignait à peine le haut du tableau de bord. Même en se faisant le plus grand possible, il demeurait incapable de voir à travers le pare-brise, plus loin que la Madone de plastique, et encore moins au-delà de l'interminable capot. Il se tourna vers Cathy qui se tenait sur la route, à côté du siège du conducteur.

« Je ne vois rien, devant. Et mes pieds n'arrivent même pas aux pédales.

— Cary! appela Cathy. Apporte-nous une caisse dans le garage. »

Et elle se retourna vers Sean.

« Tiens, prends la clef. Essaie de mettre le moteur en marche. »

Avant d'enfoncer la clef dans la serrure du contact, Sean examina les manettes sur la colonne de direction et le tableau de bord. Il chercha d'abord le bouton du démarreur. Puis il trouva le levier de changement de vitesses : il était comme celui de la voiture de sa mère, et portait à peu près les mêmes indications.

« Quand on veut aller en avant, on pousse le levier, là où il y a marqué D, dit Cathy. C'est pour démarrer.

— Je sais! » répondit Sean, pincé.

Il savait aussi que les pédales de l'accélérateur et du frein étaient placées l'une à côté de l'autre. Il allongea ses chaussures de tennis et pompa sur le champignon comme il avait vu faire son père quand il prenait la voiture. L'autre pédale, celle du frein, s'enfonça de cinq centimètres et se bloqua. Sean pensa qu'elle se comportait comme un frein doit le faire. La lumière des phares jaillit sous ses doigts, et il se hâta de l'éteindre.

Cathy le pressa :

« Essaie la clef. »

Sean n'eut pas de mal à trouver le contact et comme il n'y avait que deux clefs pendues à la chaîne de l'Embrasseur, il ne tarda pas à enfoncer dans la serrure celle qui convenait. Il fit tourner lentement la clef. Le vieux moteur poussa un soupir et retomba avec un bruit énorme. Le gamin lâcha la clef comme s'il avait reçu une décharge électrique. Il avala difficilement sa salive et se tourna vers Cathy.

« C'est très bien », dit la fillette.

Sean aurait bien voulu en être aussi sûr. Quoi qu'il en soit, il avait déjà trouvé la façon de faire démarrer la voiture. Maintenant, si le vieux moteur voulait bien revenir à la vie...

Cary et Patrick coururent à la voiture avec une petite caisse de bois. Cathy fit signe à son frère de se pousser et elle fourra la caisse à la place du conducteur. Puis elle posa un coussin sur le bois de la caisse.

« Essaie maintenant. »

En s'asseyant sur la caisse et sur le coussin, Sean était capable de tenir le volant et de voir la route au-delà du capot, mais ses pieds se balançaient maintenant bien au-dessus de l'accélérateur et du frein.

« J'y vois, dit-il, mais je n'arrive pas à la pédale et au frein. »

Cathy abaissa son regard vers les pédales et examina ce nouveau problème.

« Je sais ce que je vais faire : je vais m'asseoir à côté de toi, et c'est moi qui ferai marcher l'accélérateur et le frein, avec mes pieds. Une fois qu'on sera partis, tout ce que tu auras à faire, c'est conduire. »

Sean serra plus étroitement le volant.

La fillette fit le tour par la portière opposée et vint s'asseoir à côté du conducteur.

« Le tout, c'est que tu n'oublies pas de me dire quand tu veux t'arrêter. »

Sean tremblait et respirait à grands coups. Sa sœur se tourna vers Cary.

« Toi, mets-toi derrière et fais gaffe à la police. »

Le gros garçon, en se tortillant parmi les cadres des vélos, parvint à faire une place à ses jambes. Cathy jeta un coup d'œil vers Sean : le gamin transpirait.

« Tu es prêt ? »

Sean avala une nouvelle fois sa salive et tendit la main vers la clef.

Patrick et Marti se tenaient sur la route du côté de Cathy.

« Je ne peux pas venir ? supplia encore une fois le petit. S'il te plaît. »

Cathy prit le temps de le raisonner gentiment : elle savait qu'il obéirait si elle le traitait d'égal à égal, et si elle évitait de le contrarier.

« Non, Patrick, il faut que tu restes ici. »

Elle lui tendit les clefs.

« Il y a une bonne raison à cela. Il faut que tu ouvres le coffre de la voiture de maman et que tu rapportes à la maison tout ce qu'il a volé. Remets tout exactement à sa place. »

Le gamin prit les clefs.

« Comme ça personne ne saura jamais qu'il est venu chez nous. Tu peux faire ça ? »

Patrick acquiesça.

« Et fais bien attention de ne laisser entrer personne dans la maison! »

Le petit garçon comprit que sa sœur lui demandait quelque chose d'important, et comme elle l'espérait, le ton de sa voix le décida. Lentement, sans quitter des yeux la voiture, il prit Marti par la main, et tous deux traversèrent la rue en direction du garage.

Dans la décapotable, Sean dit à Cathy de donner quelques coups de pompe supplémentaires à l'accélérateur. La fillette enfonça vigoureusement la pédale et son frère fit tourner la clef. Le vieux moteur grogna plusieurs fois, puis cinq ou six des huit cylindres finirent par donner et le moteur, en crachotant, revint à la vie. Cathy appuya sur l'accélérateur, pour faire tourner le moteur plus vite. Sean cria à sa sœur de lâcher l'accélérateur et le moteur prit un ralenti approximatif.

Sean retint son souffle lorsqu'il poussa le levier des vitesses sur la position D. La vieille De Soto fit un grand bond et cala. A la tentative suivante, le résultat fut meilleur. Cathy donna les gaz avec plus de modération et la voiture commença à avancer par saccades. Sean donna quelques coups de volant et la De Soto partit en zigzaguant d'un côté à l'autre de la route. Un coup de volant mal calculé et des poubelles se renversèrent à grand fracas. Derrière une clôture, deux chiens se mirent à aboyer furieusement. Cathy donna un peu plus de gaz, la vieille De Soto trembla, bondit en avant, et commença à prendre de la vitesse.

Dans le garage, Patrick ouvrit le coffre de la voiture de sa mère. Les cendriers d'argent, l'étui de l'appareil photographique et les bouteilles de liqueur miroitaient dans le fond; les fusils étaient enveloppés dans une couverture.

« Il faut que tu m'aides, Marti, dit-il en tendant un cendrier à la petite toute désorientée. Il faut qu'on rapporte tout ça à la maison avant qu'ils soient de retour. »

Impossible d'en douter maintenant : comme par l'effet de la volonté de Sean, la De Soto roulait.

« Tourne ici! » cria Cary depuis le siège arrière. Sean braqua d'un seul coup, et la grosse voiture, déportée, tourna le coin en décrivant un immense arc de cercle. Le pavillon du gardien, dont la lumière solitaire jetait une faible lueur sur la route, était juste devant eux. Sean chuchota à Cathy de retirer son pied de l'accélérateur. La fillette obéit aussitôt, et la voiture, sur sa lancée, passa sans bruit devant le gardien assoupi.

Quand ils eurent franchi la porte, Sean manœuvra de nouveau le volant et, dirigeant la voiture vers la gauche, lui fit prendre la vieille route côtière à deux voies. Il se rendait maintenant compte qu'il conduisait vraiment une voiture : il se redressa sur son perchoir, bomba le torse et prit une profonde aspiration.

« Un peu plus de gaz, Cathy. »

Le gamin parlait avec une telle confiance que son frère et sa sœur commencèrent à se sentir légèrement mal à l'aise et qu'ils ne tardèrent pas à regarder tous deux le compteur de vitesse : 40 kilomètres à l'heure.

La De Soto passa devant de modestes villas et des étendues de plage vide où l'océan faisait le gros dos. Cary retint son souffle lorsque Sean leur fit quitter la route secondaire pour le grand axe nord-sud de la côte du Pacifique, quatre voies de béton totalement désertes à une heure aussi matinale. Le flux des voitures en direction de la ville ne commencerait que dans deux heures. Pour l'instant, les seuls phares qu'ils voyaient en face d'eux étaient ceux d'un poids lourd diesel qui les croisa dans un bruit de tonnerre et emplit l'air d'une fumée âcre. Lorsque la grand-route fut libre, Sean, de nouveau, ordonna à Cathy d'appuyer sur l'accélérateur. A 90 kilomètres à l'heure, une brusque trépidation arracha presque le volant des mains du petit garçon. Il cria : « Les freins! » La fillette enfonça le pied avec tellement de violence que la voiture dérapa et pointa du nez vers l'océan.

Sean fit tout ce qu'il put pour conserver le contrôle de la voiture. Il donna un coup de pied dans les jambes de Cathy qui abandonna frein et accélérateur. Ensuite, une fois qu'ils eurent repris la ligne droite, ni les garçons ni la fillette ne dirent mot lorsque celle-ci remit les gaz avec modération.

Ils continuèrent leur route en bringuebalant le long de la côte encore endormie.

Sean guetta la sortie vers les falaises, la route en pente près du poste de pompiers. Il ralentit : il n'était pas du tout certain, s'il manquait le tournant, de pouvoir faire demi-tour sur la grand-route.

« C'est ici! » s'écria Cary, et, un instant plus tard, Sean engageait la bruyante voiture dans la route qui conduisait à la mer. Le ciel était maintenant assez clair pour que Sean puisse voir la route en lacets devant lui, et il conduisit la voiture avec précaution vers la pointe de terre, qui se trouve au nord de l'immense baie de Santa Monica.

Puis la route s'arrêta. La De Soto, en grinçant et en cahotant, entra dans un champ de chaume et se dirigea vers le rebord de la falaise. Sean réclama le frein. Cathy appuya de toutes ses forces sur la pédale et la vieille voiture, avec des tremblements, ralentit sa course. Joignant ses effort à ceux de la fillette, Sean parvint à arrêter le véhicule; il tourna la clef de contact et le bruit du moteur s'éteignit.

Pendant un long moment, ils demeurèrent assis tous les trois en silence. Le vent sec du désert balayait le ciel de l'aube et soufflait en direction de la mer. Sean lâcha le volant. Il avait des crampes dans les doigts et, pour calmer la douleur, il se mit à se frotter les mains l'une contre l'autre. Dans le chaume qui entourait la voiture, un chœur de grillons se faisait entendre.

Sean retira la clef de contact et mit le frein à main. Ils sautèrent tous les trois de la voiture, marchèrent jusqu'à l'extrémité du champ, et regardèrent en bas. Très loin au-dessous d'eux, les vagues se brisaient avec fracas, recouvrant périodiquement les rochers, et c'était le seul bruit qu'on entendait dans l'aube tranquille, avec le cri des grillons.

Cathy jeta un regard vers la voiture.

« Parfait. Ça descend : elle va rouler jusqu'en bas. »

Sean acquiesça. Il fit tinter les clefs de la voiture, les lança par-dessus le bord de la falaise, et les trois enfants virent celles-ci retomber et disparaître dans l'océan, loin au-dessous d'eux.

Cary fut le premier à s'arracher au spectacle des vagues rejaillissant sur les rochers.

« On ferait bien de sortir les vélos », dit le gros garçon.

Les enfants déposèrent les bicyclettes dans le chaume. Cathy leva les yeux vers la lueur rouge qui striait le ciel au-dessus des montagnes de la chaîne côtière.

« Dépêchons-nous. Il va faire jour. »

Cathy et Cary se placèrent à l'arrière de la De Soto pendant que Sean se glissait à l'intérieur pour desserrer le frein. Puis le gamin sauta hors de la voiture et courut s'arc-bouter, avec son frère et sa sœur, contre le couvercle poussiéreux du coffre. Ils poussèrent. La voiture ne bougea pas.

« Poussez plus fort », ordonna Cathy, et après avoir compté jusqu'à trois, ils poussèrent de toutes leurs forces conjuguées. Mais, une fois de plus, ils sentirent que rien ne bougeait. La voiture n'avait pas fait un centimètre. Sean se rappela alors qu'il avait laissé le levier de vitesse sur la position « parking ».

Le gamin grimpa à nouveau sur le siège et mit le levier au point mort. Sans que son frère ou sa sœur y soient pour quelque chose, Sean sentit que la voiture partait en avant. Les deux enfants, à l'arrière, se précipitèrent pour accélérer le mouvement. Sean se glissa vers la portière, et se prépara à sauter de la voiture qui avançait lentement. Quelque chose le retint. Le gamin tira de toutes ses forces : la manche de sa chemise était prise à la poignée de la portière.

Alors que la voiture cahotait dans le champ et approchait du rebord de la falaise, Sean, dans un effort désespéré, tira sur sa manche. L'étoffe tint bon. Le gamin fit sauter les boutons de devant; la chemise s'envola; le gamin plongea et roula dans l'herbe sèche. Quand il se releva sur les genoux, ce fut pour voir la De Soto descendre la pente de plus en plus vite. Il se remit sur ses pieds et avec son frère et sa sœur courut vers la falaise pendant que la voiture, dans un silence absolu, était projetée dans l'espace. Ils s'arrêtèrent tous trois à bonne distance du bord, et virent l'automobile décrire un arc de cercle, comme au ralenti, et s'écraser dans la mer. L'océan s'était refermé sur elle avant que le bruit du plongeon soit parvenu jusqu'à la falaise.

Puis ce fut de nouveau le silence de l'aube.

Cathy repoussa ses mèches, et se retournant vers ses frères, s'aperçut qu'ils souriaient. Et le regard qu'ils adressaient à leur sœur lui apprit, à sa grande surprise, qu'elle était en train de sourire, elle aussi. Tous trois éclatèrent de rire. Avec des cris de joie, Cathy et Cary se mirent à donner de grandes tapes sur les épaules de Sean.

« Tu y es arrivé, Sean, c'est vrai, tu y es arrivé! »

Le gamin céda sous les bourrades; ils tombèrent tous trois dans le chaume sec et s'y roulèrent en riant jusqu'aux larmes.

Puis les rires se calmèrent, et chacun resta de son côté, allongé sur le dos, perdu dans ses pensées, contemplant le ciel immaculé qui s'éclairait lentement. Sean se retourna sur le ventre, et regarda vers l'horizon, par-delà la falaise. Les deux montagnes sombres de l'île de Catalana étaient surpendues dans une grande tache de brume qui venait de la ville. Le léger panache de fumée d'un pétrolier se mêlait aux traînées de brouillard. Sean, sa sœur et son frère demeurèrent ainsi plusieurs longues minutes, jusqu'à ce que leur cœur batte moins précipitamment, et que leur respiration redevienne normale.

« J'ai soif », dit Cary.

Cathy et Sean ne répondirent pas, et continuèrent à contempler la mer au-delà de la falaise.

Puis Sean se leva du chaume piquant, alla jusqu'au bord de la falaise, et regarda, en bas, la surface miroitante de l'océan. Rien, sur la mer grise et bleue, ne laissait deviner qu'une voiture reposait par le fond. Le gamin prit une longue et profonde aspiration, et dégrafant son short, urina par-dessus le rebord de la falaise. Le jet décrivit un arc de cercle jaune, avant d'atteindre l'eau. Le gamin remonta sa fermeture Éclair, tourna le dos à la falaise, et courut rejoindre les autres.

Ils se précipitèrent tous trois vers leurs bicyclettes, les enfourchèrent, et se mirent en route à travers le champ. Le vent chaud qui soufflait du désert et qui s'engouffrait dans les étroits canyons de la montagne, plaqua leurs vêtements contre leurs bras et leurs jambes nus, et fit voler les cheveux de Cathy dans ses yeux.

XIX

Ils brûlèrent tous les trois un feu rouge, avec un cri de triomphe. Mais lorsqu'ils approchèrent du pavillon du gardien, ils se turent et se posèrent la même question : le gardien les arrêterait-il ? Leur demanderait-il pour quelle raison ils faisaient tous trois de la bicyclette à une heure aussi matinale ?

Sean montra du doigt le pavillon où il y avait encore de la lumière. Il fit une grimace. Le gardien qui leur avait parlé de la voiture de l'Embrasseur venait de prendre son service, et il déposait sa gamelle sur le bureau alors que l'autre gardien s'installait au volant de sa voiture.

« Santana, cria-t-il vers le gardien. Il va faire une chaude journée. »

Les deux hommes observaient le ciel rouge, au-dessus des montagnes, et ils ne remarquèrent pas les trois gosses qui passaient à toute vitesse sur leurs vélos.

Les trois cyclistes ne prononcèrent pas un mot jusqu'au tournant; puis, sur la route privée, ils se mirent à rouler côte à côte.

« Il ne nous a pas vus, dit Cary.

— Et même s'il nous avait vus? » demanda Cathy avec aplomb.

Sean regarda sa sœur. Elle était bien courageuse, soudain. Puis il sourit : c'était la preuve qu'ils avaient franchi l'entrée sans encombre. Sean se mit à rire. Cathy l'imita, de même que Cary. Leur rire devint de plus en plus fort. Ils riaient tellement qu'ils finirent par perdre l'équilibre. Leurs vélos s'accrochèrent. Celui de Cary fit un écart en dehors de la route et le gamin culbuta dans l'herbe sèche où il continua de rire tout son soûl.

Les premières lueurs de l'aube emplissaient la cuisine d'une pâle lumière dorée. Patrick et Marti s'étaient endormis sur les coussins de tapisserie du coin-repas.

« Je vais faire des crêpes! » chanta Cathy et elle se mit à danser parmi les papiers amoncelés sur le sol.

« Des centaines, des centaines et des centaines de crêpes, parce que je n'ai jamais eu aussi faim de toute ma vie!

— Moi non plus! cria Cary. Je vais sortir la pâte du placard. »

Le gamin ouvrit une porte et fourragea dans les boîtes, sur une étagère.

« C'est moi qui vais faire sauter les crêpes, dit Sean.

— Tu feras sauter les tiennes, répondit Cathy.

— Et moi les miennes! » hurla Cary qui laissa tomber la pâte sur la tablette avec un bruit mat.

« Apporte le sirop, dit Sean à son frère. Tout le sirop que tu pourras trouver. »

A ce moment-là, dans le coin-repas, Patrick et Marti glissèrent du banc, frottèrent leurs yeux ensommeillés, et découvrirent leurs frères et leur sœur qui, joyeusement, sortaient bols et mixeur, poêle à frire et sirop.

« Et le beurre! ajouta Sean. Il faut qu'il y ait énormément de beurre! »

La brusque sonnerie du téléphone, si tôt le matin, les figea brusquement tous les cinq. Ils regardèrent l'appareil qui continuait à sonner.

« Qui peut appeler à cette heure-ci? » demanda Sean.

Cathy alla au téléphone et dès qu'elle eut soulevé le récepteur, elle dit :

« C'est un appel à longue distance.

— D'Italie? »

La fillette écouta attentivement, puis elle posa une main sur le récepteur.

« De New York. »

Pendant qu'elle écoutait, les autres virent que la panique la faisait se mordre les lèvres.

« Paula et papa? demanda Sean, abasourdi.

— Ils sont à New York? » se renfrogna Cary.

Marti cria qu'elle voulait parler à son papa.

« Mais ils n'étaient pas censés rentrer à New York avant au moins une semaine! » dit Sean.

Cathy couvrit le récepteur de la main et fit des signes désespérés à Cary pour qu'il fasse cesser les pleurs de Marti. Mais en accordant de l'attention à la petite fille en larmes, ils ne réussirent qu'à la faire crier davantage.

« Emmène-la dehors! Vite! »

La petite était furieuse.

Tout en attendant que son frère l'ait entraînée à l'extérieur, Cathy expliqua :

« Maman dit que la pluie les a chassés d'Italie. Ils n'ont pas pu tourner. »

Elle fit signe à Cary de refermer la porte, puis reprit la conversation avec ses parents.

« Bien sûr. Tout va très bien. C'est vrai. Ah! si pourtant, il y a une chose. »

Elle prit un temps.

« C'est au sujet d'Avocados. Elle est partie ce matin. C'est vrai, maman. Parce qu'elle était enceinte. N'importe comment, c'est ce qu'a dit Marlice. Oh! elle est très calée là-dessus. Son mari? C'était un serveur du Restaurant Marlin. Ils sont partis en voiture. C'est vrai. Je te l'ai dit : nous allons très bien. »

La fillette posa la main sur le combiné et chuchota à ses frères :

« Leur avion arrive à six heures et demie. Ce soir! »

Elle revint au téléphone.

« On se débrouillera très bien sans elle. C'est juste pour aujourd'hui. Oui, j'en suis sûre. Tu n'as pas besoin d'appeler. Je vais dire à la maman de Marlice de garder un œil sur nous. De ta part. »

Elle déposa un petit baiser sur le récepteur et raccrocha.

Ils tinrent réunion tous les quatre dans le coin-repas baigné de soleil. Dehors, sous le porche, Marti était assise là où Cathy l'avait reléguée, et sanglotait sur les marches.

« L'aéroport n'est qu'à une heure d'ici », dit Cathy. Patrick fourra sa montre sous le nez de Cary.

« Quand la petite aiguille arrivera ici, et la grande là, ils seront à la maison. »

Le gamin indiquait 19 h 30.

Ils demeurèrent assis tous les quatre en silence pendant que Cary allait prendre, sur la tablette, une crêpe froide qu'il plia en deux et se mit à mâcher.

« Attendez qu'ils voient la maison! »

Cary, la bouche pleine, proposa :

« Peut-être qu'on devrait essayer de nettoyer.
— On pourrait essayer, dit Sean avec confiance.
— On n'y arrivera jamais, dit Cathy.
— Alors, qu'est-ce qu'on va faire ? » demanda Patrick.

La sonnerie du téléphone interrompit de nouveau leur discussion. Cathy annonça que l'appel était de Nevins, éveillée par un coup de téléphone de Paula en provenance de New York. Était-il exact que leur bonne venait juste de s'en aller ? Si c'était le cas, elle allait venir sur-le-champ s'occuper des enfants jusqu'à ce que leurs parents soient là.

Nevins mit une heure à venir de Beverley Hills; les enfants, à contrecœur, firent des efforts pour remettre la maison en état, mais, comme Cathy l'avait deviné, c'était une tâche insurmontable.

A la vue du désordre, des débris de nourriture et des taches de boissons sucrées, la jeune femme resta un long moment sans rien dire. Et lorsqu'elle parla, elle put seulement murmurer :

« Cette sale bonne! Cette affreuse sale bonne et son encore plus affreux salaud de petit ami! »

Nevins se mit à faire le tour des pièces et examina les dégâts.

Quand elle arriva à la porte à claire-voie, Cathy exhiba la clef :

« Je l'ai laissée fermée à cause du verre.
— Quel verre ?

— Oui, Cary a cassé la télé. Oh! par accident. Ils se battaient en duel et Cary a donné un coup de tisonnier dedans. »

La secrétaire s'installa au téléphone, dans le salon de T.V., et se mit à faire numéro sur numéro. D'une voix nette et tranchante, elle convoqua les dépanneurs de télévision, les nettoyeurs, un menuisier pour réparer la fenêtre de la cuisine...

Lorsque Nevins en eut terminé avec le téléphone, elle prit Cathy à part :

« Tout est arrangé. L'entreprise de nettoyage sera là à midi, et les hommes de la télévision ne vont pas tarder. Maintenant, je vais faire un saut au marché et prendre quelques provisions. Je veux que toi et tes frères vous vous mettiez tout de suite à nettoyer vos propres chambres. Et que personne ne sorte de la maison! »

Dès qu'elle fut partie, Patrick explosa de joie.

« Elle n'a pas posé une seule question sur elle!

— Et les hommes de la télévision arrivent! dit Cary.

— Ils vont vraiment la réparer? demanda Marti.

— Elle le leur a fait promettre, tu n'as pas entendu? »

Cathy éclata de rire et les quatre enfants partagèrent momentanément sa gaieté.

Puis ils se mirent à errer à travers la maison. Marti demandait si les hommes de la télé arrivaient et, Cathy, inquiète, téléphona au service où elle apprit que le camion était en route. Elle se posta à la porte pour l'attendre et vit deux hommes en bleu de travail entrer par-derrière.

« Où est-il ? » demanda un homme aussi bronzé qu'un maître-baigneur. Il portait des lunettes. Son aide, un étudiant embauché pour la durée des vacances, suivait.

« Par ici. »

L'air important, Cathy conduisit les deux hommes dans le salon de T.V.

« Il faut nous la réparer tout de suite, cria Patrick.

— Immédiatement! » réclama Cary.

Cathy demanda :

« Vous pouvez la réparer en une heure, n'est-ce pas ?

— Elle sera prête vers la fin de l'après-midi, peut-être, dit l'homme. Peut-être.

— Si tard ? gémit Patrick.

— Mais sûrement pour l'heure du dîner ? Cathy marchandait un temps précieux.

— Je vous le dis. On devrait pouvoir le faire. »

L'étudiant repoussa du pied un morceau de verre. Il tira sur sa barbe naissante.

« Je crois que ces discussions sur les délais... »

Cathy tint bon.

« Il faut absolument qu'elle soit réparée pour le dîner.

— Bon, ça va.

— Promis ? »

L'homme se gratta la nuque.

« Promis ?

— J'ai dit que ça allait.

— Faut promettre. »

Le plus âgé des deux hommes jeta un coup d'œil à son aide qui continuait à tirer sur sa barbe en ricanant. L'homme haussa les épaules.

« Bon. C'est promis. »

Les cinq enfants poussèrent un soupir de soulagement.

« Maintenant, il est dix heures, dit Patrick en consultant sa montre. Si la télé marche à cinq heures, ça fait combien de temps ? »

Il se tourna vers Sean.

« Sept heures », dit celui-ci.

Grognement de Cary :

« Plus de sept heures. »

L'homme bronzé se dirigea vers le fond de la pièce.

« Hal, attrape l'autre bout du récepteur.

— Non! » s'écria Marti, furieuse.

Cathy eut soudain une petite voix suppliante et étranglée qui trahissait sa défaite.

« Vous ne pouvez pas le réparer ici ? »

Les protestations de Marti se transformèrent en cris perçants :

« Non! Non! Non! Non!

— Il faut qu'on le porte au magasin pour travailler dessus.

— Non! » Patrick agrippa le bras de sa sœur aînée. « On peut pas les laisser faire! »

Les deux réparateurs passèrent leurs grosses mains sous le châssis et, soulevant le récepteur, le déposèrent sur la moquette.

« Non! non! non! non! » Les petits poings de Marti tambourinaient dans le dos de l'étudiant.

« Dites-lui d'arrêter », jeta l'aide à Cathy.

Sean essaya de retenir sa petite sœur, mais elle se tortilla et lui échappa. Ses cris furent étouffés par ses pleurs et ses sanglots. Sean empoigna la petite et elle se mit à donner des coups de pied dans le vide, loin des réparateurs.

Cathy, Cary et Patrick suivirent les hommes jusqu'à la porte sans pouvoir détacher leur regard du récepteur. Ils le virent glisser dans le camion et la porte se referma sur lui.

Nevins entra rapidement dans la maison, et frappa dans ses mains en ordonnant aux enfants d'aller à sa voiture. En quelques secondes, elle leur fit transporter les sacs de provisions de la route à la cuisine.

Organisatrice efficace, l'Anglaise ne laissa pas le temps aux enfants de se plaindre, et elle décida qu'elle n'insisterait pas sur l'énorme pagaille qui régnait dans la maison. Mais tout en circulant vivement d'une pièce à l'autre, elle marmonnait des accusations de plus en plus violentes contre la bonne.

« Sale petite noiraude! disait-elle. Espèce de sale petite noiraude qui a filé comme ça! »

Elle essaya de faire fonctionner les W.-C. du rez-de-chaussée.

« C'est le comble! Elle démolit les waters et puis elle disparaît! Avec son sale petit négro! »

Nevins appela le bureau, et, à la surprise des enfants, annonça que tout allait parfaitement bien. Elle alluma une cigarette, et dans la cuisine, considéra les rideaux qui pendaient, humides, roussis, en lambeaux.

« Il faut simplement que nous fassions quelque chose pour ces rideaux. »

Jetant sa cigarette, elle tira sur le tissu brûlé et le fit tomber à terre. Elle choisit, comme modèle, une paire de rideaux encore intacts, et dit aux enfants qu'elle courait en faire d'autres sur-le-champ.

« Et que personne ne mette les pieds dehors! » ajouta-t-elle d'un ton sec en se précipitant à l'extérieur de la maison.

« Eh bien, mon vieux, quelle trouille! dit Cary.

— Elle sait que Marty l'attrapera pour avoir

laissé faire ça chez lui, dit Cathy. Et c'est ce qu'il fera. A moins que...

— A moins que?

— A moins qu'elle ait tout arrangé avant qu'ils reviennent.

— Tu crois qu'elle en est capable? » demanda Sean.

Cary eut un petit rire :

« C'est une vraie Mary Poppins. »

XX

L'ENTREPRISE de nettoyage arriva à midi avec son camion et ses échelles. L'équipe se composait de trois hommes et de deux femmes, tous des Noirs. Nevins les incita à faire vite.

« Il y a énormément de travail, et il faut que tout soit terminé à six heures et demie. »

Aucun des cinq Noirs ne se montra particulièrement ému. Bien au contraire, ils s'installèrent dans leur camion surchauffé, mirent la radio et sans se soucier le moins du monde de la femme blanche, commencèrent à se faire des sandwiches de Bologna et de pain blanc, et à boire du Coca-Cola.

A treize heures, la radio s'arrêta, et les nettoyeurs, armés de seaux et de balais, d'aspirateurs, de shampooings pour la moquette et d'une cireuse, traversèrent le jardin et prirent possession de la maison. S'ils trouvèrent dans celle-ci plus de saleté et de désordre qu'ailleurs, ils ne firent aucun commentaire. Une jeune femme, avec des boucles d'oreille brillantes et un tee-shirt trop étroit, apporta un transistor qui répandit un air de rock and roll dans la maison aux portes et fenêtres grandes ouvertes.

Dans le hall, Cathy vit un homme de haute taille se diriger vers le salon de T.V. obscur, tirer les rideaux et ouvrir le panneau vitré : la lumière du soleil et le vent, chaud comme l'intérieur d'un four, envahirent la pièce.

Une femme maigre à la peau très foncée, qui n'avait presque pas de cheveux mais dont la voix était étonnamment grave, prit la fillette par l'épaule et lui demanda de porter, ainsi que ses frères et sa petite sœur, tout son linge, « toutes ses frusques », à la buanderie.

La maison revenait à la vie, dans une excitation que les enfants ne tardèrent pas à partager. Dans les chambres et dans les salles de bain, ils prirent à pleines brassées les draps, les serviettes et les vêtements sales. Et lorsqu'ils redescendirent l'escalier, ils cédèrent le passage aux nettoyeurs qui montaient.

Ils se mirent, tous les cinq, à errer d'une pièce à l'autre, en regardant travailler la blanchisseuse, les balayeurs, les laveurs de carreaux et l'ouvrier qui était venu, sur l'appel de Nevins, réparer la vitre brisée. Mais l'excitation du début était retombée et Marti fut la première, tout en rôdant à travers la maison, à trahir un certain malaise. La petite se mit à échanger des regards inquiets avec ses frères. Chacun de ses regards posait la même question : les autres avaient-ils, eux aussi, l'impression que la villa ne leur appartenait plus ? Ces étrangers — ces Noirs — étaient en train de transformer leur univers, de réparer leurs dégâts, de détruire le bien-être à base d'obscurité et de désordre dans lequel ils s'étaient réfugiés.

Le vent chaud qui soufflait par les fenêtres et les portes transportait de violentes odeurs de détachants et de désinfectants qui piquaient aux yeux. Les aspirateurs et la cireuse ronflaient. Les voix des ouvriers qui s'interpellaient pour réclamer une échelle ou un seau, couvraient le rock and roll de la radio.

Impossible d'échapper à cette impression; à cette triste évidence : leur maison était en train de devenir une coquille vide.

« Venez ici un instant. J'ai un mot à vous dire à tous. »

Nevins venait de surgir, les bras chargés de rideaux. Au ton de sa voix, Cathy retint son souffle : on était sans aucun doute arrivé à l'instant où la secrétaire allait se mettre à poser des questions. Cathy était prête : elle avait bien répété les réponses qu'elle devait faire et tous les détails du départ de la bonne. Elle leva son regard vers la jeune femme : on pouvait y aller.

Nevins posa les rideaux, rassembla les enfants autour d'elle, et les dévisagea à tour de rôle comme la maîtresse, à l'école.

« Avant que votre père et votre mère soient là, je veux que vous preniez tous un bon bain et que vous mettiez des vêtements propres. D'accord ? »

Nevins les regardait l'un après l'autre pour s'assurer qu'on l'avait bien comprise. Cathy répondit au nom de tous :

« Je veillerai à ce que ce soit fait.

— Tu es une bonne petite fille. Bien. En attendant, vous pouvez aller jouer dehors. »

Sean, dans le château, arrosa d'eau de mer le sable qui s'effritait. Le vent avait desséché le château qui, de gris humide, était devenu tout blanc. Des grains de sable coulaient des murs, et glissaient dans la cour d'honneur et dans les fossés.

« On va t'aider, s'écria Patrick.

— Ça n'y fera rien, dit Cary. Il va sécher de nouveau et il recommencera à s'écrouler, avec le vent.

— Va chercher de l'eau, dit Cathy. Il n'y en a pas assez. »

De mauvaise grâce et en prenant son temps, le gros garçon se dirigea vers l'océan et plongea le seau dans les vagues. Patrick, même en versant de l'eau à chaque pas, avait déjà fait le trajet au pas de course.

« Vous savez pourquoi il cherche à le sauver? Parce qu'il veut que papa et Paula le voient. »

Marlice et Coccinelle firent leur apparition sur la plage de sable blanc. La fillette, après quelques pas prudents, s'arrêta pour retenir son chien, et elle attendit à distance respectueuse que Cathy la voie et lui fasse signe de la rejoindre dans le château.

Marlice, affectant la plus grande indifférence, traîna ses pieds nus dans le sable brûlant et se posta dans une attitude réservée, à l'extérieur des remparts. Après un long regard, elle déclara :

« Tout ça va se ficher par terre. »

Sean avait-il entendu ce que venait de dire la fillette? En tout cas, il ne montra en rien qu'il était impressionné par sa prédiction. Cary renonça à porter de l'eau et prit la direction de la maison. Quelques instants plus tard, il était de retour avec une énorme pince à papiers en or qu'il avait prise sur le bureau de Marty Moss.

Pendant que les autres continuaient à verser de l'eau sur le sable qui s'asséchait, Cary se mit à tordre la pince. Et lorsqu'il l'exhiba au bout de son bras tendu, les enfants virent aussitôt que c'était une antenne de télévision en or.

« Devinez pour quoi c'est faire?

— Pour le haut de la tour! s'écria Cathy.

— Au poil », dit Patrick.

Marlice elle-même se permit un sourire.

Mais Sean, de la tête, fit signe que non.

« Pourquoi non? interrogea Cary.

— Je ne veux pas de ça sur le haut de ma tour, dit Sean.

— Si, *il faut* qu'elle soit là, déclara Cathy. Tout à fait en haut. Comme l'étoile sur l'arbre de Noël.

— J'ai dit non. »

Cathy s'obstina.

« Très bien. On va voter. Ceux qui sont pour l'antenne de télé de Cary sur le haut de la tour...

— On ne votera pas, parce que c'est *mon château!* »

Le garçon avait parlé avec une telle froideur, et son visage était si résolu que Cathy n'alla pas plus loin. Elle haussa les épaules et dans le dos de Sean, qui s'était remis au travail, fit signe aux autres qu'on verrait plus tard.

Quelques instants après, alors que Sean réparait la tour, Cary donna un coup de coude à sa sœur. Cathy jeta un regard à Sean, absorbé par son travail, et fit un signe de tête. Le gros garçon prit Marti à part et plaça l'antenne de télévision dans sa main. Il lui chuchota quelque chose, et, un doigt sur les lèvres, lui recommanda de ne pas rire.

Puis ses frères la poussèrent vers la tour pour qu'elle plante l'antenne sur le faîte. Une partie de la tour, sur laquelle elle était appuyée, céda. La petite se retint comme elle put, et un morceau encore plus gros s'éboula comme du sucre en poudre et roula avec elle dans la cour centrale. Sean se retourna et aperçut l'antenne étincelante en haut de sa tour. Il vit les dégâts causés par Marti qui se relevait en riant et en labourant le sable. Il arracha l'antenne et la jeta loin du château; puis, de sa main pleine de sable, il gifla violemment la petite en plein visage.

Pendant un instant, aucun des six enfants ne proféra le moindre son.

Marti, abasourdie, la bouche et les yeux grands ouverts, commença à trembler doucement. Un cri de douleur et d'humiliation montait déjà en elle, mais avant qu'il ait pu éclater, Sean lui cria au visage :

« Bien fait pour toi! Je t'avais prévenue! »

Le gamin avait les yeux pleins de larmes.

Marti trébucha sur les pans de mur écroulé en se dirigeant vers Cathy. Sean empoigna la petite fille. Il l'arracha à sa sœur et la poussa hors du château.

Un nouveau mur se lézarda.

A l'extérieur des remparts, toute seule sur la plage aveuglante, l'enfant sanglotait.

Personne ne bougea.

La petite, en pleurs, se détourna et voulut s'enfuir vers la maison, mais aveuglée par les larmes, elle buta dans Coccinelle. Ne comprenant pas tout de suite ce que sa main était en train de toucher, elle palpa le dos du chien. Puis, lorsqu'elle découvrit que c'était Coccinelle, elle enfouit son visage en larmes dans l'épaisse fourrure du chien.

Patrick, depuis le château, fut le premier à voir, dans le patio, les réparateurs de télévision.

« La télé est revenue! »

Alors que les ouvriers sortaient par la porte du fond, Cathy achevait de coller, avec du scotch, derrière le *Purple Heart* de Marty, la clef de l'armoire aux fusils. Elle fut la seule à abandonner la télévision en couleurs pour assister au départ des employés.

Dans la cuisine, en compagnie de Nevins, Cathy écouta le camion démarrer et s'éloigner. La jeune femme examina le sol propre, les rideaux neufs et la fenêtre réparée.

« Finalement, dit-elle, tout paraît être en ordre. Maintenant, Cathy, je veux que tu fasses quitter cette télévision à tes frères et à ta petite sœur : il faut qu'ils montent prendre un bain. J'ai mis des vêtements propres sur vos lits : qu'ils soient habillés lorsque je reviendrai avec ta mère et ton père. »

Une nouvelle fois, Cathy promit que ses frères

et sa sœur seraient prêts lorsque Nevins reviendrait.

« Il faut que je parte pour l'aéroport tout de suite, sinon la circulation sera impossible. Tout se passera bien, n'est-ce pas? »

Cathy fit oui de la tête, et Nevins s'en alla.

XXI

CATHY frotta ses orteils sur l'impeccable moquette du salon de T.V. Cinq ouvriers, les hommes de la télé et un laps de temps de six heures, il n'avait pas fallu moins pour remettre la villa en état. Mais il ne restait rien qui pût révéler le chaos de la veille. Cathy regarda ses frères qui étaient installés devant la télévision. Aucun des trois garçons ne leva les yeux vers la fillette qui détacha la clef de sa lanière de cuir et l'introduisit dans la serrure où elle la laissa.

Elle dit finalement :

« Quelle heure est-il? »

Patrick ne regarda même pas sa montre sous-marine.

« Quelle heure est-il? Il faut qu'on prenne un bain! »

Patrick, sans un mot, leva son bras. Cary se pencha pour regarder l'heure.

« Six heures dix.

— Ça nous laisse une heure et vingt minutes avant qu'ils soient là, dit Cathy. Alors dépêchez-vous d'aller prendre votre bain. »

Personne ne bougea.

« Vous n'avez pas besoin de vous en faire. Tout ira bien maintenant, dit-elle.

— Il n'y a qu'un risque, dit Cary.

— Lequel ? » interrogea Cathy.

Cary ne quitta pas l'écran des yeux.

« Que Marti aille raconter des trucs. »

Avec un sursaut, les enfants se tournèrent les uns vers les autres. Cathy interrogea les garçons du regard. Puis elle chuchota :

« Où est-elle ? »

Patrick appela :

« Marti! »

Patrick se leva d'un bond et courut à la porte :

« Marti!

— Elle n'est pas en haut, annonça Cathy, en courant, à bout de souffle, vers la cuisine. Marti! »

Les garçons surgirent du salon de T.V.

« Marti!

— Regardez dans le jardin! Dehors près de la haie! Patrick, va voir dans le patio!

— Marti ?

— Cary, le garage! Regarde dans la voiture de maman! »

Les appels des enfants faisaient un violent contrepoint au murmure tranquille de la télévision. Au bout d'un instant, les trois frères revinrent dans le hall, vers leur sœur aînée. Le visage de Cary était pâle d'émotion et de stupeur. Sean et Patrick, eux, étaient impassibles.

« Il est presque sept heures, annonça Patrick. Il faut qu'on la retrouve avant sept heures et demie. »

C'était bien ce que les quatre enfants venaient de réaliser : si la petite n'était pas là, c'étaient Paula et Marty Moss qui seraient obligés de se mettre à sa recherche; ils poseraient toute sorte de questions et exigeraient qu'on leur dise ce qui était arrivé. Les quatre aînés pourraient mentir — et ils mentiraient certainement — mais ils devinèrent que si quelque chose troublait le cérémonial qui accompagnait habituellement le retour des parents, si les grands commençaient à poser des questions à Marti, la petite, qui n'avait que quatre ans, ne serait jamais capable de garder le secret.

Cathy se mordait les lèvres. Elle cria à ses frères :

« Qui l'a vue le dernier ? »

Rejeter la faute sur les autres était une tentation toute naturelle. Les garçons se regardèrent. Brusquement Cathy accusa Sean.

« Toi! Tu lui as donné une gifle!

— Tu lui as donné une gifle au château », précisa Patrick.

Le château. Était-ce au château qu'ils avaient vu la petite la dernière fois ? Il y avait, semblait-il, des heures de cela.

Cathy se dirigea vers la porte suivie par ses frères.

« Venez vite! »

Dehors, dans le soleil couchant, le vent balayait la plage et projetait le sable fin avec tant de violence qu'ils furent obligés de protéger leurs yeux de leurs mains. Il arrachait au château, tout desséché et tout blanc, de larges plaques de sable. Cathy, debout, abritant ses yeux, examina la plage déserte et les vagues en colère : pas une âme.

« Elle ne serait pas allée dans l'eau toute seule », dit Sean.

Les autres approuvèrent.

« Mais alors où est-elle ? » cria Cathy.

Marlice était seule, et dînait à la table de la cuisine d'un hamburger et de carottes râpées. Elle leva les yeux vers les quatre enfants qui venaient de faire leur apparition à la porte de derrière, de l'autre côté du grillage. Elle fronça les sourcils, un peu mal à l'aise et sur la défensive, comme si elle s'était fait la complice de quelque mauvaise action. Les garçons ne disaient rien : ils voyaient bien que Marti n'était pas là.

Cathy s'excusa :
« On cherche Marti. »
La grande fille, assise à la table, mordit un bout de carotte.
« On n'arrive pas à la trouver. »
Marlice avala une bouchée de hamburger et de carotte, et but une gorgée de lait.
« Qu'est-ce qui vous fait croire que je sais où elle est ?
— Coccinelle! dit Sean. Elle adore Coccinelle. »
Sean et les autres petits Moss parcoururent la cuisine du regard. Sean fit quelques pas sous le porche et regarda dans le jardin.
« Où est-elle ?
— Coccinelle ? Comment le saurais-je ? répondit Marlice.
— C'est ton chien, jeta Patrick. Je vais l'appeler! »
Marlice se dressa.
« C'est moi qui vais l'appeler.
— Alors, je t'en prie, dépêche-toi, dit Cathy.
— On est vraiment très pressés », ajouta Cary.
Marlice les guida tous les quatre dans le jardin vers une niche à la Walt Disney avec un toit de guingois et une cheminée tordue.
Cathy appela :
« Coccinelle!
— Je t'ai dit que c'était à moi de l'appeler, cria Marlice. C'est mon chien! »

Le colley marron et blanc, tout frétillant, émergea de la maison et parut se demander à qui il devait prodiguer son affection. Marlice s'avança; Coccinelle bondit vers elle et se mit à lui lécher le visage.

Patrick faisait déjà demi-tour.

« Venez! Il est presque sept heures et demie.

— Il faut qu'on la trouve, dit Sean.

— Elle n'est pas ici, tu le vois bien, pleurnicha Patrick.

— Peut-être qu'elle est chez les Gordon », dit Cary.

Cathy vit Coccinelle s'en retourner vers la niche. La queue du chien plongea sous la porte en arceau. Cathy regarda à l'intérieur.

La petite fille, pelotonnée à côté du chien, occupait presque tout l'intérieur de la niche obscure. Une fois découverte, et ne sachant pas très bien ce qu'elle allait faire, Marti se replia contre le mur du fond. Cathy tendit la main, et lui parla avec gentillesse.

« Viens! Maman et Marty vont être là d'une minute à l'autre. »

La petite fille, dans le noir, ne répondit pas.

« Peut-être même qu'ils sont déjà à la maison. »

Cathy se mit à genoux pour voir à l'intérieur de la niche et se trouver au niveau de la petite. Marti, toujours silencieuse, se cachait dans la fourrure de Coccinelle.

« Dis-lui qu'elle doit obéir, conseilla Marlice.

— Marti, dit Sean. Viens. Viens avec nous. »

La fillette se dissimulait toujours derrière le chien.

Cathy se tourna vers Marlice.

« Elle ne sortira pas.

— Dites-lui que vous vous en allez. Comme ça, elle croira que vous la laissez toute seule.

— Marti, on s'en va », dit Cathy à voix haute.

Les trois frères et les deux fillettes fixaient la porte, mais la petite ne se montra pas.

Patrick nerveusement jeta un coup d'œil à sa montre :

« On est en retard. »

Cathy, de la main, lui fit signe de se taire, mais le gamin fourra la montre sous le nez de sa sœur.

« Sept heures et demie!

— Marti, s'il te plaît! » dit Sean.

Cathy supplia, elle aussi, mais sans succès. En dépit de toutes les prières, la petite ne bougeait pas d'un pouce.

« Marti, c'est moi, Cary. J'ai quelque chose à te dire. »

Le gros garçon plongea vers l'ouverture de la niche.

« La télé en couleurs est revenue, et elle marche mieux que jamais. »

Cary se retira de la porte, et fit signe à ses frères et à sa sœur de laisser le passage. La petite fille, baissant la tête pour franchir la porte basse, sortit à quatre pattes dans le jardin.

Cathy lui prit la main, puis elle dit à ses frères :

« Grouillons-nous! Il faut qu'on soit à la maison avant eux. »

Ils plantèrent là Marlice et Coccinelle, et se mirent à courir en direction de la plage.

Sous un ciel rouge de coucher de soleil, ils affrontèrent en se hâtant les bourrasques de sable et passèrent devant le château qui était maintenant tout aplati : les fragments de murs et de tours fumaient d'un brouillard blanc. Patrick et Cary faisaient la course en direction de la maison, pendant que Cathy aidait Marti qui avançait avec difficulté dans le sable mou. Dans le patio, elle passa les autres en revue, et décida qu'en se lavant les mains et la figure, ils auraient l'air bien assez propres, mais elle insista pour qu'ils se lavent aussi les pieds avant de pénétrer dans la maison maintenant acceptable.

En toute hâte, Cathy conduisit ses frères et sa petite sœur dans leurs chambres, s'assura que chacun endossait des vêtements propres, et les dirigea ensuite vers la salle de bain où elle leur donna un coup de peigne. Elle prit un verre, le remplit d'eau, et le déversa dans la baignoire, puis elle éparpilla des serviettes sur le sol.

« Là. Comme ça, on aura l'air d'avoir pris notre bain, dit-elle. Venez! »

Ils quittèrent la salle de bain tous les quatre et dégringolèrent l'escalier vers le salon de T.V.

Sean ne les avait pas accompagnés. Sur la plage rougeoyante, debout dans les tourbillons de sable qui lui piquaient les yeux, il contemplait les ruines de son château. Sur la route, on entendit le klaxon d'une voiture et Sean, jetant un coup d'œil vers la maison, rectifia le contrôle de son appareil.

A l'entrée, Nevins aidait à décharger du coffre de la voiture des bagages de cuir assortis. Elle portait les bagages un à un à l'entrée de derrière. Un homme, avec un foulard autour du cou, un homme un peu chauve, très bronzé, vêtu d'un complet d'été beige et de chaussures blanches, aidait à descendre une femme qui tendait une main gantée depuis le siège arrière. Deux chaussures, en lamé bleu, se posèrent l'une après l'autre sur la route. Un corps svelte vêtu d'un imprimé de soie chatoyant fit son apparition dans un éclatant tourbillon bleu et orange. La femme confia à l'homme son chapeau de paille bleue et ouvrit un sac immense. Elle prit un peigne, et tenta, mais en vain à cause du vent brûlant, de coiffer ses cheveux blonds platine.

L'homme, le chapeau à la main, regardait vers l'entrée et attendait que quelqu'un se montre. La femme blonde leva les yeux de son miroir, et de sa main gauche gantée de blanc, fit signe à Nevins qu'elle pouvait prendre les bagages qui se trouvaient sur le siège arrière.

L'homme au complet d'été appuya de nouveau sur le klaxon, d'abord avec espoir, puis avec impatience.

Sean, sur la plage, abritait ses yeux. Le château, à ses pieds, devenait une masse blanche et informe. Sean entendit le klaxon, au loin, et regarda de nouveau dans la direction d'où venait le bruit. Pendant un instant, il demeura immobile. Puis lentement, il se mit à piétiner le tas de sable, et son pied s'enfonça dans l'ancien fossé maintenant recouvert. Il se baissa, ramassa l'antenne de télévision à demi enterrée dans le sable, et prit la direction de la maison.

Le gamin s'arrêta dans le patio, de l'autre côté du panneau coulissant; il essuya ses pieds nus avant d'entrer dans le salon de T.V. Ses frères et sœurs, immobiles, comme hypnotisés, regardaient le film qui venait de commencer. Sean se joignit à eux et prit place dans le cercle, sur la moquette. Il ramena ses genoux sous le menton et régla son appareil.

L'appel du klaxon, devant la porte, couvrit le son de la télévision, mais aucun des enfants ne bougea. Cary croquait des pétales de maïs qu'il prenait dans un sac. Cathy, dans son fauteuil, repoussa d'une main ses longs cheveux et prit Marti sur ses genoux. Patrick n'en finissait plus de remonter sa montre.

Trois anges de l'Enfer, vêtus de cuir noir et luisant, posèrent leurs bottes poussiéreuses sur l'asphalte, descendirent de leur moto ronflante et firent jaillir la lame de leur couteau.

Le rugissement d'autres motos éclata derrière les trois hommes vêtus de cuir noir. Il ne parvint pas à faire taire le klaxon de la voiture de Nevins. Mais ses appels se faisaient de plus en plus faibles.

L'homme, en ricanant, tenait à la main un couteau à cran d'arrêt. La fille recula et se mit à hurler.

Composition réalisée par C.M.L. - PARIS-13e

IMPRIMÉ EN FRANCE PAR BRODARD ET TAUPIN
7, bd Romain-Rolland - Montrouge - Usine de La Flèche.
LE LIVRE DE POCHE -

ISBN : 2 - 253 - 01935 - 6 30/7417/6